情熱まで遠すぎる

桜木知沙子

幻冬舎ルチル文庫

CONTENTS

✦目次✦

情熱まで遠すぎる

情熱まで遠すぎる……5
情熱はふたりぶん……209
あとがき……219

✦カバーデザイン＝清水香苗（CoCo.Design）
✦ブックデザイン＝まるか工房

イラスト・高城たくみ✦

情熱まで遠すぎる

月を見ると煙草《たばこ》が吸いたくなる。

自分でも不思議だけれど、それは喫煙者になった二十歳のときから十四年間変わらない新《しん》堂雅尚《どうまさなお》の習性だ。

今夜は雲のないきれいな墨色の空で、真っ白な満月がぽかりと浮かんでいた。絶好の煙草日和《びより》、なのに肝心の煙草が切れていた。もう十一時を過ぎているし、明日も仕事だし、いっそ寝てしまえばいい気もしたが、ないとなれば余計に吸いたくなるのが世の常で、新堂は家から数十メートル離れたコンビニまで散歩がてら向かっていた。

七月目前、一足遅れの夏を迎えようとしている札幌は、暑過ぎず涼し過ぎず、気分良く夜道を歩ける時期だ。温度も湿度もちょうど良くて、耳がぴりぴりする真冬の凍《い》てつきもこれと引き換えなら仕方がないとさえ思えるくらいに。

昔ながらの住宅街は、夜になれば人通りも少なくて静かだ。家の明りもほとんどが消えている。

そんな中、月の光もかすむほどにまばゆいコンビニの看板はやたらと目立つ。風情がないと非難する人の気持ちはわからなくもないものの、ナチュラリストともエコロジストとも言えない新堂にとっては愛すべき輝きだ。

「こんばんは、いらっしゃいませ」

妙に間の抜けた機械音に伴われ、皓々《こうこう》と照らされた店内に入れば、いつもながらのマニュアル言葉で迎えられる。欲しいものは煙草だけ、店内をうろつくこともなくまっすぐレジに向かった新堂は、あれ、とちいさな呟《つぶや》きをこぼした。

カウンターの中、客の姿をしっかりと見る前に条件反射で挨拶《あいさつ》をしていたらしい店員の瞳がふっとこちらに向けられる。目と目が合った瞬間、その唇からも声がもれた。

「新堂先生」

レジの前に立っていたのは、新堂の家の隣、藤野《ふじの》家にこの春から下宿している学生、岡崎《おかざき》晴《はる》だった。思いがけない遭遇に驚いたのか、晴の白い顔が一瞬で林檎《りんご》のように赤く染まる。

「なんだ、ここでバイトしてたのか」

純朴な反応は子供のころから変わらない。はい、と晴は頬《ほお》に赤さをとどめたまま、こちらを見てぎこちなく頷《うなず》いた。

「知らなかった。ここ何日か会ってなかったもんな。いつから？」

「先週からです」

「じゃあちょっと慣れた？　——って慣れるも何もないか」

言って自分で苦笑いした。晴の実家は商店を営んでいると聞いている。小さいときから店の手伝いをしていたらしいから、この手の仕事は慣れたものだろう。けれど晴は、ゆるく首を振って生真面目《きまじめ》に答えた。

「家とは勝手が違うから」

短い返事がぶっきらぼうに聞こえないのは、じっとこちらに向けられている晴の目に悪意はまったく窺《うかが》えないから、そして相手がいかにもどぎまぎしているのが、会うたびいつも伝わってくるからだ。

今時の若者らしくなく、晴はまったく擦《す》れたところがない。まだ十九歳、変に世慣れているよりも、人馴《ひとな》れしていないくらいのほうが初々《ういうい》しくて可愛らしい気もする。――もっとも子供のころならともかく、今となっては一七五センチある自分より十センチ近く背が高くなった相手に、可愛いも何もあったものではないが。

「シフト、今度はいつだよ？　毎日じゃないんだろ？」

セブンスターをワンカートン注文し、財布の中から札を出しつつ新堂がゆったりと尋《たず》ねると、晴は重い声音で返事をしてきた。

「……今日で辞めるんです」

「えっ？」

思わず手を止め顔を上げた。それと同時に、ひどいんスよ、と弁当の陳列を直していた若者がいきなり話に加わってくる。

「客のオバサンが岡崎に入れ上げて、なに勘違いしたんだかその旦那が、ここの店員が女房たぶらかしたって店長に文句言ってきたんスよ。もちろんそんなわけないのに、相手がカッカして本部に訴えるだのなんだの騒ぐもんだから、結局岡崎が辞めることになっちまって」

「は――、なんだそれ」

あまりに馬鹿げた事態に呆気《あっけ》に取られていると、ほかに客がいない気楽さもあってか、信じられないッスよね、と茶髪の若者は初対面の新堂に同意を求めてきた。

「あんなババア、相手にするかよ。クソ旦那、いい年こいて馬鹿じゃねえの」

「い、いいんです、もう済んだことだから」

ヒートアップする正義漢を晴が必死に宥《なだ》める。それでも怒りがおさまらないのか、バイト仲間は小鼻を膨らませた。

「けど悔しくね？　店長も店長だよ、岡崎のクビ切って終わらせるなんて。大体岡崎が辞めたら店にとっても大損じゃん。岡崎目当ての女の子、すげえ来てんのに」

「いや、別にそういうことは」

晴がもごもご口籠《ごも》る。ある、と茶髪が断言する。確かにと、新堂も心の中で冷静に賛同した。

月よりもコンビニの看板よりも一際まばゆくきらめく男、それが岡崎晴だ。晴がいたら店の蛍光灯が消えていても不自由しなさそうなほど、輝く美貌を持っている。

摩周湖近くの小さな町で育った晴は、透明度日本一のその湖と同じくらい澄んだ瞳をしていた。長身で顔は小さく手足は長く、染めているわけではない茶色がかった髪は男とは思えぬほどにサラサラツヤツヤ、この年代の男特有の汗くささや雄くささとは対極の清潔なさわやかさを漂わせていて、まるで一昔前の少女漫画から抜け出してきたような王子様タイプの美形だった。優雅で端整で、かといって女性的な部分はない。いくら時代が変わろうとも常に女性に好まれる、そんな容姿と空気の持ち主だ。

（――いるんだよなぁ、こういう人間も）

コンビニの制服がこの上なく似合わない晴を眺め、しみじみとした吐息をもらす。

藤野夫妻が隣に住み始めたのは、ふたりが結婚した八年前の春のことだ。夫人の七海《ななみ》の甥《おい》が晴で、夫妻が越してきたばかりのころからたびたび叔母の家に遊びに来ていた。地元のおみやげを持ってきてくれたり、新堂の勤務先に歯の治療に来たりで、来るたび新堂とも顔を合わせていた。

初めて姿を見たときから、晴は驚くほどにきれいな子供だった。肌は白く目は大きくて、都会にいれば間違いなく芸能事務所のスカウトが殺到するだろうなと思った。

小学生のころはまだ体も小柄で、天使さながらのあどけない可愛らしさだったのに、中学に入ったころから徐々に大人めいていき、格好いいという形容詞が当てはまるようになって、十九になった今はなかなか日常世界では遭遇できない美形に育った。世の中にこんな完璧な姿の人間がいるんだと、美しいものに特別興味がない新堂でさえ感心してしまうほどに。

人柄はそんな華やかなルックスとは見事に逆で、謙虚で真面目だ。五万とあるだろうその姿を生かす職業を選ばず、歯科技工士という地道な職種に就こうとしているあたりにも性格

が表れていて、堅実さがなんとも言えず好ましい。

そんなわけで晴は、今春から札幌の歯科専門学校に通っている。ゆえに現在の住まいは藤野家だ。藤野夫妻には小学一年の美月《みつき》と三歳の勇人《ゆうと》、ふたりの子供がいて、晴はその姉弟にずいぶん懐かれているし、七海や叔父の藤野との仲も良さそうだ。叔母夫婦の家での新生活は楽しいものに違いない。

専業主婦の七海はやさしげな顔立ち同様性格もおっとりしていて、役所勤めの藤野は三十四歳の自分より三つ上なだけなのに、一家の大黒柱という責任感プラスちょっと太めの体型のせいか、とても頼もしく、落ち着いてみえる。

（甥がお世話になることもあると思います。よろしくお願いします）

晴が越して来た日、藤野夫妻は晴を伴い、新堂に挨拶をしにきてくれた。単に隣の住人としてというだけでなく、歯科医と歯科技工士の卵という関係もあってのことだったのだろう。こちらこそと返礼した新堂に、叔母夫婦の隣で照れくさそうに立っていた晴も、よろしくお願いしますと頭を下げた。子供のころから見知った相手に改めてそんな挨拶をされ、大きくなったんだなぁとしみじみとした感慨が湧いた。

そういった経緯もあり、何か役に立てることがあれば晴の力になりたいと思いはしたものの、頼まれもしないのにしゃしゃり出て先輩風を吹かせるのもなんとなく嫌らしい気がして、結局この三ケ月、何も出来ていない。

これで母親が同居していたころなら頼まれもしない用事を無理やり請け負ってきたに違いないが、世話焼きおばちゃんは父親の退職を機に去年から生まれ故郷の積丹《しゃこたん》に戻って第二の人生を満喫中だ。

「次のバイト、決まったの？」

店を出しなに尋ねてみた。いいえ、と晴は首を振った。

「ゆっくり探してみます。もうすぐ夏休みだし」

じっと相手をみつめるのは晴の癖だ。確かに良い習慣だし、今までは気にならなかったが、この年代のこのルックスの人間がしてはいけないことかもしれないとちょっと思った。同性は恋愛対象にならない自分がドキッとさせられるのだから、王子様に憧れるタイプの女性にとっては劇薬並みの威力だろう。確かに一番の被害者は晴だけれど、血迷ってしまった主婦の気持ちもわからなくはない。

おまけでもらったボックスティッシュと煙草が入ったレジ袋をふらふら揺らして歩きつつ、きれいすぎる男というのもそれはそれで大変なんだろうなと妙な感想を抱《いだ》いた。

ふと空を見上げる。月は白金の光をたたえ、相変わらずやわやわと輝いている。こんなに見事な月で、しかもわざわざ買いにまで行ったのに、なぜか吸いたい気分じゃなくなっているのはあまりに清浄な空気を吸ってしまったからだろうか。せっかくきれいになったんだから嫌ですと、汚れることを肺が拒んででもいるような。

吸いたくないものを無理に吸うほどニコチン中毒なわけでもない。家に着くと、手付かずのまま戸棚にしまった。

「……なんだかな」

結局きれいな隣人の顔を拝みに行っただけの夜の散歩に、新堂は我知らず苦笑いをもらした。


「松井《まつい》さん、お疲れさまでした。一応十日くらい置いてから次の作業に移りますけど、おかしいようならいつでも言ってくださいね」

ユニットを起こし、新堂が軽く声をかけた。先日古希を迎えたという松井が、確認用の手鏡から視線を逸《そ》らさず、ああ、とうっとり頷く。

「……歯が入ってるってのはいいなぁ。自分で言うのもナンだけど、五つは若くみえるわ」

「五歳どころかマイナス十歳ですよ」

「奥さん、惚《ほ》れ直しちゃいますね」

衛生士の西尾麻由《にしおまゆ》と助手の梶智香《かじともか》が大真面目に答えた。松井が満更でもなさそうに破顔する。確かに義歯が入ったせいで口元が張り、ぐっと若くみえるようになった。

「うちのババアに惚れられても嬉しかねえよ。由美《ゆみ》かおるだったりしたら、そりゃちょっと浮かれちまうかもしれねえけどさ」

水戸のご老公ばりの高笑いを浮かべ、ユニットから下りる。どうやら本当に満足してくれているらしく、カルテを打ち込んでいた新堂も心が温かくなった。

松井は先週、下の歯茎が腫れたと初めて新堂歯科にやって来た患者だ。歯槽膿漏《しそうのうろう》で、それ自体大したことはなかったものの、上の前歯がなかった。以前他院で作った入れ歯がどうにも合わず、そのまま放ってあると不機嫌な顔で愚痴をこぼした。

（なんかすぐ落ちてくるんだよな）

義歯をつけるとそう訴える患者は多いが、使われなければ作った意味がなくなってしまう。直してみたいと頼んで今日松井に持ってきてもらった。修理の途中、本当に大丈夫なのかと不信げな目を新堂に向けていた松井だったけれど、終えて合わせたときには、ぴったりだ、と驚いた様子を浮かべていた。

「こんな上手《うま》く直してもらえるなんて思わなかったよ。前ンとこの――乾《いぬい》先生にも言ったんだけどなぁ、つけてるうちに馴染《なじ》むから少し我慢してくださいって、それで終わりになっちまって」

「確かにそれもそうなんですけどね。でも手を入れて使いやすくなるなら、そのほうが患者さんにとってはいいだろうし」

のどかに答えた新堂を見やり、もっともだ、と松井が力を込めて頷く。

緩かった松井の義歯には、粘膜調整剤を内面に貼って適合を良くした。問題がなければこの次の治療でプラスチックに貼り替えて、それでしばらく様子を見るのが良さそうだ。

「けどいいのかい？　新しく作るならともかく、修理だけなんて。儲《もう》けになんねえだろ」

心配する松井に、そんなこと気にしないでください、と新堂がのんびり笑って受け流す。確かに新たに義歯を作るよりは保険点数的に旨味《うまみ》はないが、どちらが患者の負担にならないかと考えればおのずと取る方法は決まってしまう。

「それにしても先生、お世辞じゃなく本当に上手いんだな。石垣《いしがき》さんの言ってたとおりだ」

「石垣さん、なんて言ってたんですか？」

帰りしな、靴を履きつつ感心した様子で呟いた松井に、麻由が興味津々に問いかける。石垣ミヨは二年前の開業当初からの患者で、松井に新堂歯科を紹介してくれた老婦人だ。

「建物は今時珍しく古いけど、道具と先生の腕は最新式だって」

悪びれた様子もなく松井が口にした途端、麻由と智香がブッと吹き出した。その傍《かたわ》らで、ありがとうございます、と新堂は神妙に頭を下げた。

「石垣さん、いいトコついてますねぇ」

午前最後の患者の松井を見送ってから休憩中の札を立て、受付のライトを消して智香がしみじみ頷いた。

「ホント最近はどこも新しくて立派ですもん。うちも改装しましょうよ」

「いいのいいの。これで充分」

ケーシーの一番上のボタンを外し、あっさり流した新堂を見て、智香が軽く口を尖《とが》らせた。二十代後半だが、童顔だからそんな子供じみた表情もまだ似合う。とは言え秋には母になるのだが。

「でもやっぱり初診でかかるときって、なんとなくキレイなとこ行っちゃうじゃないですか。イヌイクリニックみたいなところ。悔しいですよ、新堂先生のほうが絶対腕いいのに。今の松井さんの義歯だって、乾先生が作ったの、ダメダメだったじゃないですか」

「ムリムリ。先生、そういう意味で野心ゼロだもん」

片付けを終えた麻由がきっぱり言い捨てる。新堂よりひとつ年下の麻由は、新堂の性格を『夫と息子の次くらいに理解してる』らしい。

「もったいないなぁ。こないだうちの旦那も言ってたんですよ、オレが今まで診てもらった先生の中で新堂先生が一番上手だって」

尚《なお》も力説する智香に、そりゃどうも、と新堂がへらりと笑う。

「旦那さんに菓子折り用意しなきゃな」

「駄目ですよ、私最近また太っちゃってマジでヤバイんですから。お医者さんに怒られます」

真剣に智香が首を振り、そこかよと麻由の冷静な突っ込みが入る。確かに智香は元々ちょっとぽっちゃりした体型で、体重管理に気をつけるように産科で指導されているそうだ。

「何かあったら先生にも西尾さんにも迷惑かけちゃいますし。ちゃんと気をつけなきゃ」

「それは有り難いけど、まずはおなかの赤ちゃん第一に考えて」

院長室に引き込みがてらのんびり諭《さと》す。はあい、とのどかな返事が聞こえてきた。

智香の出産予定は十月で、ひとまず仕事は辞める予定になっている。臨月まで働くと言ってくれているから、まだ後任の募集はしていない。それでも何が起きるかわからないし、そろそろ求人広告の準備はしておいたほうがいいかと昼食のコンビニパンを齧《かじ》りつつ考えていたとき、携帯が鳴り出した。

『どう、彼女出来た？』

話すたびにこう尋ねてくるのはひとりしかいない。岩村真枝《いわむらさなえ》――大学の同期で、以前付き合っていた相手だ。新堂と別れたあとで先輩歯科医と結婚し、今は夫婦で千歳《ちとせ》にクリニックを開いている。

別れた直後はさすがに疎遠になったが、狭い業界なので顔を合わせることも多く、やがてまた近しくなった。そのころ真枝は今の夫の岩村と付き合っていて、だからまた親しくなれたのかもしれない。

『そろそろ真剣になったら？　誰かいないの』

「いいんだよ、面倒だし」

また始まった、と電話の向こうで呆《あき》れ混じりの息をつかれた。

『三十四でそれ、枯れすぎ』

「それよりどうした、何かあったんじゃないのか」

近頃では真枝は友人というより母親的感覚でこちらを見ているらしい。早く身を固めろといつもの小言が始まる前に新堂が水を向けると、あ、と冷静な声に戻った。

『来週インプラントの患者さん入ったんだけどね。ちょっと迷ってることがあって』

そう言って切り出された相談に、新堂が自分の経験と周囲の評判を交えて話す。真剣に耳を傾けていた真枝が、なるほどね、と納得したふうに頷いた。

『新堂くん、もしかして似た症例やったことあった？』

「ああ、頼まれてこないだ手伝ってきたところだ」

『手伝って――、実質新堂くんがやったようなもんなんでしょ』

真枝が苦笑する。確かにそれは事実なのだが、敢えて口にする必要もなかった。

『とにかくありがとう、助かった。旦那にも教えてみる』

「役に立つかどうかはわかんないけどな」

温《ぬる》くなったコーヒーを飲んで答えたら、立つわよ、と即答された。

『新堂くんの腕には私も一目置いてるもん。困ったときに一番最初に相談しちゃうくらい。

そういうひと、多いよ』

「暇だから聞きやすいんだろ」

新堂が呑気《のんき》に茶化した。真枝が冷静に反論してくる。

『いくら暇だって、知識も技術もない相手に聞くほど馬鹿じゃないって。ところで最近どうなの、本当に暇なの？』

遠慮のない関係なだけに、様子を訊《き》く言葉も直球だ。ひからびた笑みを浮かべ、新堂が淡淡と返す。

「素晴らしく暇ですヨー。つぶれないだけ有り難い」

『もう、投げやりなんだから。何かアピールしてみなよ、ホームページ作るとか、地域の集まりに顔出すとか。せっかくの腕がもったいない』

褒められているのかけなされているのかわからない。その気になったらいつでも優秀な経営コンサルタントを紹介すると言って、真枝の電話は切れた。

「――これでいいんだってての」

あくびをし、ひとりごちて背もたれに体を預けた。年季ものの回転椅子がギシッと鳴る。

歯科医の仕事自体は好きだ。細かな作業も楽しい。新しい治療法を学び、それが患者のためになればやり甲斐《がい》も湧く。けれど商売として成り立たせていこうという意欲は見事なまでに欠けていた。だから新堂歯科の売上は、年中低空飛行なのだ。

小さいころから歯医者に行くのに抵抗がなかった。治療はもちろん喜んで受けたいものではないにせよ、整然と並べられた銀色に光る歯科器具、そしてその器具を操る医師や衛生士の指先は子供心に格好良くみえて、それらを見たいがために歯科医院へ通ったようなものだ。

歯学部へ進んだのもそんな気持ちの延長で、好きなことを仕事に出来そうな幸運に感謝した。卒業後は大学の付属病院に残って勤務していた新堂も、二年前、同僚たちと同じく独立した。新たに建てたわけではなく、自宅から歩いて十分ほどの場所にある歯科医院を居抜きで譲ってもらっての開業だ。かつて新堂が通っていた歯科医院で、院長が高齢になり、数年前からずっと休んでいたが、東京の娘夫婦と同居するために医院を完全に閉めることになって買い手を探していたのだ。

四十年近く前に建てられたそのこぢんまりした医院はほとんど手を入れられておらず、新堂の記憶にあるままだった。設備や建物の新しさを競う現代には珍しい。

駅前ではなく、大型商業施設の中でもない、ごく普通の住宅街にある医院を買うことに周囲は賛成しなかった。場所を選べだとか、中古ならもっと新しいところにしろだとか、もっともな忠告は散々受けた。

とは言え住み慣れた地域だし、院長がずいぶん安い価格を提示してくれたおかげで借金せずに開業できるしで、新堂にとってはプラスのほうが多かった。古い建物は経営が軌道にのったら直すつもりでいた。大学病院で磨いてきた腕にはそれなりに自信があったし、きちんとした治療をしていけば、きっと上手く行くはずだと思っていた。

けれどその考えは甘かった——歯科医院が飽和状態の都市部の住宅地で、新たな参入を他の医院が歓迎するわけがなかった。

通学や出勤前に受診してもらえるように早朝診療を計画したら、どこから聞きつけたのか、新堂の大学時代に出来た、近隣で一番繁盛しているという噂《うわさ》のイヌイデンタルクリニックの院長からやんわりと止められた。出る杭《くい》は打たれるよ、などという有り難くも恐ろしい忠告つきで。つまり基本は互いに横並び、無言の牽制《けんせい》がかけられている状態だった。

それでも乾のところでやっている日曜診療をするわけではないから住み分けは出来ているはずだと、嫌味な脅迫に屈せずに朝の診療を開始した。患者の評判は上々で、やっぱりやってみて良かったと思った矢先だった。歯科医師会から連絡があった。

（そちらに治療に行った患者さんから、先生に食事に誘われて困っていると電話があったんですが）

まったく身に覚えのない言葉に唖然《あぜん》とした。まさか患者にそんな真似《まね》をするわけがない。

そういった事実はないと説明したものの、その後も医師でなければ行ってはいけない診療を衛生士にされただとか、薬品のずさんな管理を行っているだとか、根も葉もないことを訴える電話が続いたらしく、そのたび新堂のところに歯科医師会から事情説明を求める電話がかかってきた。

やましい行為は何ひとつしていないのに、嫌がらせとしか思えない行為をする相手に腹が立った。一体誰がと苛立《いらだ》っていたとき、講演会で会った同じ地区の歯科医から声をかけられた。

（新堂先生、乾先生を敵に回さないほうがいいよ）

そうこっそりささやいて、先日会合で顔を合わせた乾が新堂の早朝診療を快く思っていないと話していたこと、自分の邪魔《じゃま》になる行動をする相手は潰《つぶ》すと仄《ほの》めかしていたことを伝えてきた。

（乾先生、自分に逆らう相手には容赦ないんだよ。実は今度乾先生のところでも早朝診療始めるみたいでさ）

その話を聞いて合点がいった。そしてそれを機に、新堂は診療時間を変更した。朝は九時から夜は六時半まで。土曜、日曜は休診。今時の歯科では有り得ないような診療時間だ。怯《おび》えたり屈したりしたわけではなく、その逆で、どうしようもなくばかばかしくなってしまったのだ――たかだか一軒の歯科医院がすることに、そこまで執念を燃やす人間の相手をすることが。

乾は自分が勝利したと喜んだろうが、構わなかった。狭い世界の中で好きにやってくれと自棄《やけ》めいた思いになり、何もかもどうでも良くなってしまった。結果二年経《た》った現在でも、罅《ひび》が入った外壁も、軋《きし》む床もそのまま放置されている。

そんなわけで地域の歯科医療発展のために尽力したいだとか、医院を大きくしたいだとか、人並みにあった少々青くさい野心や意気込みもすっかり消えてしまい、以来活気とはまったく縁のない暮らしを送っている。

それでも歯科の治療自体は好きだ。頼まれればほかの医院に手伝いにも行く。経営面でのやる気は失われてしまっていても、治療に対する熱意や好奇心はずっと変わらない。幸い手先は器用なほうだから、細かで繊細な手技も得意だ。きっちりと治療が出来たときの自分の中での満足感は他では得られないものだし、患者に喜んでもらえるとこちらも嬉しい。

だから患者が少ないゆえに使用頻度は少なくとも、機材は最新のものがあれこれ揃《そろ》っているし、定期的に勉強会や講習会に参加して、新しい情報や技術を得たり、学んだりしていた。別に努力しているわけではなく、純粋に楽しいから――簡単に言えば単なる歯科オタクだ。

今はとにかく、肩の力をこれでもかというほど抜いている。定期検診の案内の葉書すら送らず、ただ来てくれる患者を診る、極めて消極的な経営だ。

そんな脱力気味な姿勢ながら、有り難いことにどうにか潰れない程度には患者が来てくれている。大抵が松井のように紹介で来てくれる患者だった。

大学勤務のころの休憩を取る暇もないほどの忙しさと、患者を待合室に座らせておくことなく診察室へ通せる今の状態は、見事なまでに対極と言えた。当時を知る周囲がこれでいいのかとやきもきする気持ちはわからなくはないが、この状態に新堂としては不満はない。変に目立つことをして、くだらない相手と低次元な諍《いさか》いをするのももう嫌だった。のんびりまったり、風の吹くまま気の向くまま、三十四にして気分はすでにご隠居だ。

仕事がそんなだとプライベートにも影響するのか、普段の生活も今では相当力が抜けている。服もシーズンごとにセレクトショップやデパートで選んでいたのが近頃は近所の量販店だし、髪を切るのも自宅近くの全年齢向けの理髪店だ。

気合いが入っていない最たるものが恋愛で、ここしばらく誰とも付き合っていなかった。紹介されても告白されても、なぜかその気にならなかったし、現実的に必要とも感じなかった。多分ひとりで困りはしないし、むしろ気楽に感じることのほうが多いからだ。疲れていても休日にどこかへ出かけたり、平日の夜の長電話に付き合わされたり、それを断れば冷たいと罵《ののし》られたり――そんなことがない日常は、負け惜しみでも何でもなく、なんとも清々《すがすが》しい。

年齢的にまわりは既婚者が多くなっているから、今は良くてもいつか寂しくなるとか、家で待ってる相手がいるのはいいぞとか、心配三割惚気《のろけ》七割の、いろいろな忠告をしてくれる。恐らくそれは事実だろうと思う。それでもこの状態が気楽で良かった。結婚願望はないし、焦りもない。いつか心がまた掻《か》き立てられることがあれば、別にそれを拒もうとは思わないものの、積極的に恋をしたいとも思わない。

「枯れすぎ、か――」

真枝にいつも評されている言葉を口にする。

三十四歳というのはどうにも曖昧《あいまい》な時期な気がする。若いといえば若いけれど、大手を振って若いと言い切れるほど若くはない。かといって円熟した年齢でもない。その中途半端さが、恋をしようとすることもなければ身を固めることもなく、医院を大きくする意欲もない生活に反映されている感じもした。

(……だからってそれが悪いわけでもないだろ)

すっかり温くなったコーヒーを喉《のど》の奥に流し込み、瞼《まぶた》を閉じた。

その瞬間、なぜだか不意に晴の顔が頭に浮かんだ。晴がどんな恋をしているか聞いたことはないが、今の自分とは対極の恋愛をしていそうな気がしたせいかもしれない。

買い物客の女たちまでも夢中にさせるきらびやかなルックス同様、輝きに満ちた華やかな恋をしているんだろうか。純朴な子に限って意外と思い切った恋愛をしている可能性もある。年上の程よい色気のある人妻だとか、眼鏡の似合うＯＬだとか。

「そりゃあ素敵……」

勝手な妄想に、呆れ混じりの空《から》笑いがこぼれた――まったく素敵と思えない自分に対しても。

たとえどんな恋であろうと羨《うらや》ましいと思えない。それが新堂の恋愛テンションが低下している何よりの証拠だ。

その気にならないものはしょうがないよなぁ、と自分で自分を慰めて豆の香りがしないコーヒーを飲み干した。

日曜の午後だというのに、家の近くのファミリーレストランは空《す》いていた。ひとりで四人掛けのボックス席に座っていても、まったく気が引けない程度に。

オーナーは大変だなと思うようになったのは、自分も経営する側に回ってからだ。人の入りが少なかろうと照明や空調はつけておかなければならないし、接客するより仲間同士でおしゃべりをしている時間が長くたって店員を雇っていなければならない。それでもこの店は夜になれば家族連れやカップルがどんどんやって来るから、新堂歯科の経営状態とは比べ物にならないはずだ。

シーフードドリアを待ちながらぼんやり考えるのはそんなことで、真枝に知られたらせめて可愛いウエイトレスでもチェックしていろと言うに違いないが、一回りは下の世代だろうバイトの女の子たちは興味の対象になりようがない。

外で食事をする機会は以前に比べるとずっと減った。大学に勤めていたころは、病院が街の中心に近かったこともあり、同僚たちと飲みに行ったり夕食を食べたりして帰ることが多かった。それが開業し、ひとりで暮らし出してからは、簡単な自炊ですませてばかりだ。近くの店は食べ飽きてしまったし、かと言ってわざわざ遠出するのも億劫《おっくう》で。

だからこの店に来るのも久しぶりだった。さっき一週間分の掃除や洗濯をすませ、朝食兼の昼食はトーストでいいかと思いつつテレビをつけたら、真夏だというのに再放送の料理番組でドリアを作っていて、それはそれはものすごく美味《うま》そうにみえたのだ。空の胃袋がきゅうきゅうに刺激されたものの、小麦粉から作る技術もなければ汗だくになって料理をする根性もなく、歩いて十分のファミレスへ行くことを即決した。

そうやってさっさと出てきたせいで、文庫本の一冊も手元にない。携帯は充電をし忘れて電池残量はわずかだ。ドリアは出されるまで時間がかかるというのに。

メニューも見飽きて、外でも眺めているかと窓の向こうに目を向けた。夏休みが間近なせいか、子供たちの顔は一様に弾んでいた。休みに入る前の今が一番楽しいんだよなと、自分の経験を思い出す。一生は続かないんだからせいぜい今のうちに楽しんでおけと、若干の意地の悪さと羨ましさ混じりにぼんやり笑みを浮かべた新堂の視界に、きらきらした物体が突然入り込んできたのはそんなときだった。

（……ん？）

何だと顔を外に向けた瞬間、その正体が晴だと気付いた。いかなる場面でも光を放つ若者は、店の中の新堂には気付かないのか、急ぎ足で新堂の窓の前を通り過ぎて行った。

誰かと約束でもしてるのか、買い物にでも行くのか。そういえばコンビニのバイトを辞めて確か二週間ほど経つはずだ。次のバイト先が決まってそこへ向かうところなのかもしれない。

そんなことをつらつら考えていたら、ごめん、と慌て声が後ろから耳に入り込んできて、新堂は飲んでいた水を吹き出しそうになった。――この声の持ち主は、今自分の横を通り過ぎて行った発光体じゃないだろうか。

「椿《つばき》ちゃん、待った？」

「ううん、こっちこそ急に呼び出してごめんね。晴くん、何にする？」

（やっぱりか――）

その名を聞いて晴に間違いないと確信させられる。急いでいたのはここで待ち合わせをしていたからだろう。

パイナップルジュースを注文する晴の声を聞きながら、挨拶したほうがいいのかどうかちょっと迷っている間、悩むまでもなく、こうしているうちに声をかけるタイミングをとっくに逃してしまっていることに気がついた。すぐに声をかけないなら、最後までかけずにいたほうがいい。幸い椅子の背もたれは高い。見えはしないと思っても、自然と新堂の背中が丸くなる。

話し声の近さからして、晴は新堂の席と同列の、ひとつ手前のテーブルにいるようだ。入口に背を向けて座る新堂の真後ろに椿と呼ばれた女の子がいて、晴と向かい合っているらしい。

そういえばこの席に通されたとき、手前のボックス席に二十歳くらいの女の子がひとりでいたのをふと思い出した。この年代の女の子がファミレスにひとりでいるのは珍しい気がして、なんとなく目に留《と》まったのだ。

客が入れ替わった様子はないし、おそらくその女の子が晴を呼び出した相手だろう。デートかと微笑《ほほえ》ましいようなこそばゆいような気分になる。その割にはしゃいだ空気が後ろから漂ってこない。恋人同士だとしたら、まだ付き合い出したばかりなのかもしれない。

きらびやかな恋というより、地に足のついた恋をしていそうなふたりだ。昼間のファミレスで会うなんて、相当健全な交際に他ならない。自分が晴の年齢のころは、彼女と会うといえば親のいない時間帯のどちらかの家か、ホテルかが大半だった気がする——それはそれで不健全すぎただけかもしれないが。

ともかく、不倫だのOLだの勝手な想像をして申し訳なかったと反省するのと同時に、現実の恋愛の場面に直面して、あの小さかった晴が本当に大きくなったのだと妙にしみじみした気持ちになった。

（……それにしても）

眉間《みけん》に皺《しわ》が軽く寄る。——自分はいつ席を立てばいいんだ？　ふたりが待ち合わせか次の予定までの時間つぶし程度にこの店を利用しているならいいけれど、ここでゆっくり遅めのランチを、なんて思っていたらどうしよう。今さら席を変わるわけにもいかない。

やっぱり最初に声をかけておくべきだったかと後悔していたら、それでね、と不意に凛《りん》とした響きが聞こえてきた。

「この前の話なんだけど」

「あ――、うん」

どことなく弱々しげな晴の返事。ジュースをストローで掻き回しているのか、カランと氷がグラスに当たる音も響く。聞いていては悪い、耳に蓋《ふた》をするのが礼儀だと自分の中から叱責が飛んでくるものの、意識すればするほどついそちらに神経が行ってしまう。そんな新堂の躊躇《ちゅうちょ》など無関係に、話は進んでいった。

「やっぱり納得できない。もう一度、ちゃんと聞かせて？」

椿は口調だけ聞くかぎりでは、ずいぶんきりっとした印象だ。尻に敷かれていそうで、のんびりした晴にちょっと同情した。

「……こないだ言ったとおりだけど」

困ったように晴が呟く。

何か悪いことでもしたのか、彼女の気に入らないことをしてしまったのか――何にせよ女には謝っておけと音に出来ない声で忠告を送る。男が女に口で勝とうと思っても無理だというのは、新堂が父親から教わった一番役に立つ教訓だ。

「それはわかってる。好きなひとがいるから、私とは付き合えないっていうんでしょ？」

飛び出してきたのは予想外の言葉で、えっと危うく声がもれそうになった。

なんだ、付き合ってるわけじゃなかったのか――確かに男と女がふたりでいたからといって、みんながみんなカップルなわけじゃないことくらいわかっている。なのにいつのまにかそんな括《くく》りをしてしまっていたのは、自分の脳が年齢とともに井戸端会議やワイドショー好きなおばちゃん寄りになってきているせいなのかもしれない。まずいまずいと心の中で頭を振る。

「でも晴くんの好きなひとって」

「お待たせ致しました、シーフードドリアお持ちしました」

椿がそこまで言ったとき、ウエイトレスがオーバル形の皿とサラダボウルが載ったトレーを運んできて、はっと新堂を我に返した。

ちょうど良かった、とりあえず食べることだけに専念しようと決め、熱いソースを吹き冷ましてドリアを口に運ぶ。けれどいくら意思の力で耳をふさごうとしても、聞こえてしまうものは聞こえてしまうのだ。

「望みがない相手なんて、そんなの苦しいだけじゃない」

椿の重い声が、スプーンを持つ新堂の手を止めた。

……そうか、好きな相手はいても片思いなのか、しかも望みなしの。あれほどのルックスの人間にも靡《なび》かないなんて、よほど容姿を度外視している女の子なのだろうと考えて、だから聞くなと自分の中から突っ込みが入る。

「く、苦しくない」

そそくさと意識の向きを転換させようとしたとき、晴の反論らしき返答が響いてきて、また新堂の耳がぐいっと後ろに引っ張られた。

――やっぱり駄目だ。聞くまいとすればするだけ逆に聞いてしまいそうな気がする。すみません、音を一切遮断できるほど人間が出来ていないんですと心の中でふたりに謝り、自然と耳に入ってくる会話は聞かせてもらうことにした。

「おれは今の状態、全然嫌じゃないよ」

どこか懸命な晴の声。正直一方的な好意を寄せてきている相手に、そこまで真摯《しんし》に向き合わなくてもいいんじゃないかと擦れた大人の自分は思ってしまうが、そこが晴のいいところなのだ。健気《けなげ》でもあり、気の毒でもある。頑張れ、とスプーンを握り締め、ドリアを食べつつ晴に念を送る。

「嫌じゃないって言っても――」

反発する椿は、明らかに不服げだ。そこで会話がとぎれる。

晴が責められる謂《いわ》れは多分ないのだろう。思わせぶりな態度で気を引いて、その気にさせておいて振るなんてことはしなさそうだから、あくまで椿が一方的に入れ上げただけなのだと思う。本人にそのつもりはなくても、あの目でじっとみつめられたら、誤解してしまう女性はものすごく多いに違いないが。

それでもそれは晴の罪ではないと思う新堂の耳に、でもやっぱり、といくらかひそめた声で椿が切り出すのが入り込んできた。

「おかしいよ、男の人なんて」

思わず新堂の手からスプーンが滑り落ちかけ、慌てて咄嗟《とっさ》に摑《つか》み直した。

……男？　男って聞こえたけど合ってますかと誰に確かめることも出来ず、ただ新堂は呼吸の乱れを整えた。

つまり晴はゲイだということか——呆然《ぼうぜん》としながらその答えに辿《たど》りつく。

ただ不思議と、驚きはしても、なぜだかまったく嫌悪を感じなかった。それが晴だからなのか、ほかの人間に対してはどうなのかはわからないし、自分が差別のない人間かどうか日頃意識したことはないが、誰に対してもそうであれたらいいとふと思った。

「……なんでわざわざ男の人を好きにならなきゃいけないの。わかんない、変だよ」

詰《なじ》られても晴は何も答えないままだ。自分の気持ちを否定されて傷ついているのは間違いない。かわいそうだと庇《かば》ってやりたくても、自分がふたりにあれこれ言える立場ではないし、そもそも今は透明人間化していなければまずいのだ。

「好きだって言うつもりあるの？」

椿の追及に躊躇は感じられない。配慮や遠慮よりも自分の欲求を通したい年代だから仕方がないのかもしれないが、そこまで晴に訊く権利は誰にもないはずだ。他人のこととは言え不快になる一方で、なぜか椿を憎めないのは、彼女が本当に晴を好きなのがその声音からひたひたと伝わってくるからかもしれない。それにそれほど好きな相手の思い人が同性と知れば、つい感情的になっても無理はなさそうだ。

「告白するならしてほしい。もし上手くいけば私も諦《あきら》めなきゃって思うけど、そうじゃないなら晴くんのこと、諦めない」

真正面からぶつかってくる椿に、晴はどう答えていいか迷っているらしい。しばらく続いていた沈黙を、椿が焦《じ》れたような声で破った。

「好きなら好きって言えばいいじゃない。当たって砕けてみてよ」

確かに正論だけれど、すべての恋にそれが当てはまるわけではない。椿には出来たことが、晴には出来ないのだ。多分椿もわかっているはずで、でもそう責めたくなってしまうのも好きだからなのだろう。

「……砕けたくない。言えない」

ぽそりとこぼれ落ちた晴の返事は悲しげで、聞いている新堂までせつなくなった。

男女の恋愛なら、思いが通じず気まずくなったとしても、好きだと言えるかもしれない。

男が女を、女が男を好きになるのは普通のことだ。なのに相手が同性だと、気まずさに加えて、それまでの付き合いを断ち切られたり、嫌悪されたりしてしまう怖さまであるに違いなかった。

それは椿にも伝わっているのか、否定した晴に食ってかかっていきはしなかった。

「……そんなに好きなの」

少し間を置いてから、椿が問いかけた。ちょっと涙を含んでいるように聞こえた。うん、と晴の重苦しい声が答える。

「気持ちは伝わらなくていい。そばにいられるだけでいい。……あの家にいたら、少なくとも卒業するまでは顔が見られる」

「え」

思わずちいさな声がもれて、新堂は慌てて口を押さえた。聞こえてないよな、大丈夫だよな――そろそろと背後の気配を窺《うかが》うが、こちらに気付いた様子はない。ほっとするのと同時に、今聞いたばかりの言葉が、晴の好きな相手が男だと知った瞬間以上に新堂を驚かせた。

あの家にいたらそばにいられる――つまり普通に考えれば、あの家に好きなひとが住んでいる、ということだろう。

藤野家で暮らす男。……ふたりいるが、三歳児の可能性はさすがにかぎりなくゼロで、となれば残るはひとり。

（ああ、そうか――）

胸がきりりと痛くなる。確かに伝えられないだろう。ひとつ屋根の下に暮らす相手には――しかも叔母の夫には。

どっしりしていておだやかで、どんなときでも目が笑っている。藤野は相手に安心感を与えるタイプの人間だ。その安心感が、晴の中では恋になったのだろうか。叔父と一緒に暮らしたいから、札幌の専門学校に通うことを決めたんだろうか。札幌にちょくちょく来ていたのも、藤野に会うためだったのかもしれない――自分の心には蓋《ふた》をして。

晴には気の毒だけれど、藤野と七海がとても仲の良い夫婦だということは新堂も知っている。それぞれが治療に来ても、うちの夫が、妻が、と互いを語るふたりの表情はとても幸せそのもので、誰にも割り入る隙間《すきま》はなさそうだった。もちろんそんなことは晴だって百も承知に違いない。

磁石みたいに女の子をぐいぐい引きつける容姿で、心根もやさしくて、何不自由なく恋愛を楽しめるはずの人間が、まったく望みのない恋をしてしまうなんて、世の中はあまりにも残酷すぎる。

さすがにこれ以上話しても無理だと思ったのだろう、椿はそれきり口を開かず、晴も何も言わずで、結局そのあといくらもせずにふたりは席を立った。気付かれないかひやりとしたが、晴にそこまで注意を払う余裕はないらしかった。

今度は外から見られないように、空々しく頬杖《ほおづえ》をついて顔をガードする。まもなくガラス越し、新堂の横を晴が通り過ぎた。自分の恋の重たさに改めて気付いたせいか、それとも椿を受け入れられない申し訳なさか、晴はしょんぼりとうつむいているだけで店内に目を向けることはなかった。晴の隣を歩いているのが椿だろう。顔は見えなかったが、体つきはすらりとしていて、いかにも美人な雰囲気だった。

何も事情を知らずに見れば似合いだろうふたりなのに、そうなれないのが悲しい。

相当きついだろうと思う——自分の気持ちが受け入れられない理由を改めて知った椿も、決して打ち明けられず、叶《かな》うこともない感情を抱えている晴も。

それにしても奪いたいと思ったことはないんだろうか——不意にそんな考えが頭をよぎった。

たとえ叔母の夫でも、自分のものにしてしまいたいと思うことがあってもおかしくない気がする。いくら遠慮がちな晴だって、若さや情熱に掻き立てられる瞬間はあるだろう。

（……だけど相手が藤野さんじゃな）

多少危ういところがあるタイプならまだしも、極めて常識的で家族思いの藤野では、残念ながらぐらつく望みはなさげだ。

それに七海と晴の母はとても仲が良く、だから晴も生まれたときから七海を弟のようにだったり息子のようにだったりして可愛がってきたと聞いている。晴も七海を慕っているのは新堂の目から見ても明らかだ。

晴は藤野を絶対に奪えない。たとえどんなに藤野を好きでも、深い愛情を注いでくれる家族を悲しませる真似《まね》は出来ないだろう。愛情の深さは自分を縛る鎖にもなる。かわいそうだけれど、晴の恋が実る日がくるとは思えない。

「──重たいよなぁ」

新堂のドリア熱もすっかり引いてしまった。ほとんど手付かずで冷めてしまったドリアにスプーンを入れ、黙々と食べる。

妙にべったりと、ホワイトソースが後味悪く口の中に張り付いた。


「切迫早産？」

いきなり飛び出た言葉で新堂の目が丸くなった。

「大丈夫なのか、梶さんも、赤ちゃんも」

「はい、どうにか」

慌てる新堂に、受話器の向こうの智香は今にも泣き出しそうな声で説明を始めた。

日曜の今日、腹部に強い張りを感じて休診日の産科医院を受診してみたら、切迫早産の恐れがあるのでこのまま入院して安静にするように命じられたということだった。無理は厳禁だが、医師の下できちんと管理されていれば問題はないらしく、それを聞いて新堂もほっと安堵《あんど》の息をついた。とは言っても初めての妊娠で初めての大きなトラブル、智香が不安になるのも当然だった。

『それですみません、明日からなんですけど、落ち着くまでお休みさせてもらっていいですか』

「もちろん。仕事してる場合じゃないだろう、赤ちゃんのためにも体を休めないと」

『でも先生、明日ひとりになっちゃいますよ……？』

智香が心配するのは、麻由が明日休みを取っているからだ。

義弟の結婚式があって、麻由は昨日から九州に行っている。今日の昼に披露宴が行われ、明日の夜札幌に戻る予定だ。

どうにかするからこちらのことは気にせず、おなかの子のことだけを考えてゆっくりするようにと励まして電話を切ったら、智香が連絡をしたのだろう、麻由からも電話がかかってきた。

『私、明日朝イチで戻りますよ。お昼すぎには出勤できます』

「ありがとう、でも大丈夫。誰かに当たってみる。心当たりはあるから」

そう伝えて話を終えてはみたものの、実際はちょっと途方に暮れてしまっていた。

いくら暇な新堂歯科とはいえ、診療、受付や会計、電話応対、片付けなどすべてをひとりでするには限界がある。それにやはり治療中に、アシスタントが必要な場面はどうしても出てくる。さすがに自分のほかにひとりいないと仕事が回らない。

簡単なアシスタントなら、歯科の知識がなくてもどうにかなる。誰か知り合いで引き受けてくれそうな人間はいないかと、専業主婦や月曜が休みの友人を思い返していたとき、ふと閃《ひらめ》いた。

（晴くんは――？）

学生は今は夏休みだ。しかも歯科技工士の学校に通っているのだから、歯科に対する知識や関心は持っているに違いない。おまけに実家は商店、得意かどうかは別として、他人と接することに慣れているはずだ。子供がいてなかなか自由が利《き》かない女友達や、来てもらうのに時間がかかる場所に住む知り合いの衛生士に当たるより、晴に頼むのがベストだと思えた。

ただひとつ引っ掛かるのは、自分が何も知らないふりをしていられるかということだった。思いがけない告白を聞いてから二週間、何度か晴を見かけてはいるが、いつもほんのわずかな時間で、挨拶程度しかしていないからわからない。

それでも自分には関わりがないことだし、ひとの色恋沙汰《ざた》に深く首を突っ込むつもりもない。晴が誰を好きでも、どんな恋をしていても、それは晴の自由で、ほかの人間には関係のないことだ。

あくまで自然に接すればいい。今まで友達が誰かを好きだと知ったときだって、別に何も問題はなかった。今回もそれと同じこと。それにも拘《かかわ》らず晴の恋が気になるとしたら、自分の野次馬根性や下世話な好奇心が働いている証拠で、人間としてみっともないと烙印《らくいん》を押されたようなものだ。

そう考えて、晴に頼んでみることに決めて隣家へと向かった。もちろん晴が引き受けてくれるかどうかは別問題だ。けれど頼んでみないことには始まらない。現段階では一番の有力候補なのだ。

深呼吸をひとつしてインターホンを押してみた。返事はない。

「留守か――」

夕暮れの生温い風を受け、数歩下がって新堂は藤野邸を見上げた。

家の明りはついていないし、子供たちの話し声もしない。日曜だし、夕飯でも食べに出かけているのかもしれない。出直してくるかと踵《きびす》を返す。

もし晴が駄目なら、当てがないか尋ねてみよう。学生はフットワークが軽いから、急な話でも引き受けてくれる人間がひとりくらいいそうだ。

そんなことをつらつら考えながら自宅の玄関に鍵を差し込んでいたら、子供たちのはしゃぎ声が聞こえてきた。表に出てみると、藤野家の五人が帰って来たところだった。

「あ、こんばんは」

真っ先に気付いたらしい藤野が、眠たげな勇人を抱きかかえたまま声をかけてくれた。その隣にいつもと同じ、夕暮れ時でもきらめいている晴がいて、ふっとこちらに目を向けてきた。意識せずにいようと決めてはいても、やはり一瞬その並びに心がどきっと揺れてしまった。けれど、せんせい、と手を振って駆け寄ってきた美月に注意を逸らされる。

「今ね、おにく食べてきたの。おいしかったよー」

にこにこ笑って報告するおてんばな美月の頬はつやつやだ。良かったね、と新堂は頭を軽くぽんぽん叩《たた》いた。

「お出かけですか?」

おだやかに七海が話しかけてきて、いえ、と新堂は首を振った。

「実は晴くんにお願いしたいことがあって」

「晴に?」

七海が不思議そうに呟いたのと、晴が驚きを浮かべたのは同時だった。それに頷き、晴と叔母夫婦に向かい新堂が切り出した。

「うちの医院なんですけど、明日、晴くんに手伝ってもらえないでしょうか。急にスタッフがふたりとも休むことになって、来てもらえたら助かるんですが」

「あら、晴でお役に立てるなら。ねえ、晴?」

即座に頼もしい返事をくれた七海の横で、晴はちょっと戸惑うふうな面持《おもも》ちで口を開いた。

「……あの、おれに出来ることですか？」

「もちろん。洗い物してくれたり、俺が出られないときだけ電話に出たりしてくれれば。本当に簡単なことだけ」

「晴、お手伝いしておいでよ」

のどかに藤野が勧め、晴はそちらに目を向けた。

「歯医者さんの仕事を見せてもらうのは、晴のためにもなるよ。いいことだと思う」

藤野をみつめる晴の頬は、夕日のせいか、それともほかの要因か、心なしか薔薇色《ばらいろ》に染まってみえた。

「とりあえず中へどうぞ。お茶でもいかがですか」

やわらかに七海が誘ってくれた。すぐ済みますからと遠慮する。勇人が本格的に眠り出したこともあり、晴を残して家族が家に入った。

「晴くん、上がって」

新堂が促したが、いえ、と晴は首を振った。そうか、せっかく藤野さんと一緒にいられる時間だから早く帰りたいんだな――察して新堂は、晴に頼むことになった事情と勤務時刻などを手短にその場で説明した。

「もちろん無理には頼めないけど、俺としては晴くんに来てもらえたらすごく助かる」

「……おれでいいんですか？　迷惑になったりとか」

おずおずと吐き出された質問を、まさかと新堂は笑い飛ばした。

「有り難いと思いはしても、迷惑に思うことなんか絶対ないって」

「本当に——？」

じっと晴がこちらをみつめる。ああ、ときっぱり頷いた。

晴の不安もわからなくはない。いくら歯科の世界に関わる勉強をしているとはいえ、まだ学生、未知の部分は多いだろう。しかもいきなり翌日からと言われて、戸惑うのも当然だ。

「知ってると思うけど、うちは基本的にユルーいとこだから。忙しくって大変なんてことはあり得ない。患者さんも少ないし、同じ時間にふたり重なるなんてこともまずないし。それに出来るかぎり俺がフォローする」

ある意味非常に情けないアピールを新堂がした数秒後、はい、と晴の口から言葉がこぼれた。

「おれで良かったら——、よろしくお願いします」

丁寧《ていねい》に頭を下げられ、新堂も慌てて、こちらこそ、と礼をした。ほっとして思わず頬が緩む。それにつられたのか、晴もかすかな笑顔を見せた。その表情に、新堂の胸がどきりと一瞬淡く揺れ、同時に心が和んだ。

誰かの顔を見て癒される、なんていう経験は大人相手では今までしたことがない。見事なまでの端整さは大抵冷ややかに感じられるものだけれど、なぜか晴の顔からはそんな感じは受けない。多分内側から滲《にじ》み出てくるものがあるからじゃないか――おだやかさだとか、やさしさだとか。だからこんなやわらかな気持ちにさせられるのだろう。

「朝は何時に行けばいいですか？」

そろりと問われ、はっと我に返って口を開いた。

「そうだな、八時ごろ迎えに行ってても大丈夫？」

「いえ、自分で行きます」

「なに言ってんの。無理な頼み聞いてもらうんだし、せめて送り迎えくらいさせてもらうって」

笑って返す。でもと躊躇するような呟きが晴から戻ってきた。遠慮しないようにと言ったらやっと、それじゃあお願いします、と申し訳なげながら受諾の返事がきた。

そのまま晴と一緒に藤野家へ行き、引き受けてもらえたことを新堂から七海に報告した。七海も改めて気持ち良く了承してくれて、晴と七海に送られて家に戻った。

早速麻由と智香にメールで報告をすませ、安堵に誘われビールに手を伸ばす。暑さのせいもあるかもしれないが、一際美味く感じられた。

晴に頼めそうな仕事を頭の中でぼんやり考えている間、晴が引き受けてくれたのは藤野が賛成してくれたからだろうかとふと思った。好きな叔父が勧めることだから、やってみる気になったとしても不思議ではない。

それほど好きな相手と一緒に暮らしているのは、どんな気持ちなんだろう――？　そばにいられる嬉しさ、自分のものにはならない苦しさ、そのどちらのほうが強いのだろう。

何にせよ打算のない純粋な気持ちには違いなくて、今の自分には縁のない一途な恋心を持つ晴が眩《まぶし》く感じられた。

そういえば晴の顔を見ても普段通りの態度でいられたなと気付いたのはベッドに入ってからで、そんな自分にちょっと安堵した。


「石垣さん、お疲れさまでした」

首元のエプロンを外し、ユニットの背を起こした晴に、午後一人目の患者の石垣ミヨはうっとりしたまなざしを投げかけた。

「……いやあ、本当にアイドルみたいだねぇ」

ユニットに座ったまましみじみとミヨが呟く。晴はぎょっとしたふうに身を硬くし、小刻みに首を振った。

「若いんだから謙遜しちゃダメ。うちの孫が夢中になってる、テレビに出てるナントカくんよりずーっとイケメンだわ」

「お、イケメンなんて石垣さん、さっすがー」

新堂が冷やかしたら、年寄りだと思って馬鹿にしないでよ、とミヨがふざけ顔で咎《とが》めてくる。

「今日は目の保養をさせてもらったわ。寿命が三日延びた」

「あの、足元、気をつけてください」

うきうきとユニットから降りかけたミヨに向かい、晴がそっと手を差し出した。あまりにも自然な仕草で、ミヨが目をぱしぱしさせる。それからほんのり頬を染めて笑った。

「ありがとね。年寄りが親切にしてもらってるだけなのに、王子様にエスコートされた気分だわ」

晴の手に掴まったせいか、いつもの掛け声『よっこいしょ』が出てこない。はしゃいだ調子で口にするミヨは、心底から嬉しそうだ。確かに晴に手を差し伸べられれば、借り物のケーシーがオーダーメイドのタキシードに見えてしまうかもしれない。

「岡崎くんは今日だけなの？　学生さんなら、夏休みはずっといてもらえばいいのに。助手さんも先生もいい男だなんて、女の患者さん増えて大繁盛するわよ」

「僕にまで気ィ遣ってくれなくていいですよ」

カルテに書き込んで新堂が苦笑いした。そんなことないってば、とハンカチをしまってミヨが返してくる。

「そうだ、太田《おおた》さんと手塚《てづか》さんに電話してみるわ。アイドルくんのこと教えてあげなきゃ」――太田と手塚もミヨが紹介してくれた常連患者で、ふたりともミヨ同様、好奇心旺盛でパワフルな七十代だ。

それにしてもミヨがここまで浮かれるのも珍しい。よほど晴を気に入ったのだろう。確かに晴は見た目がいいばかりでなく、物腰がおだやかで、空気もやさしい。今日の午前の患者たちも、みな晴を褒めていた。

晴に感服しているのは患者ばかりではなく、新堂もだった。さっきミヨに手を貸したふうな、さりげない心配りを晴は出来る。アシストの仕方も慣れないながら丁寧だし、言葉遣いもきちんとしている。しかも患者の合間に待合室に置いてある閲覧用の新聞をきちんと整えたり、干しておいた診察用のタオルをいつの間にか畳んでいたり、目立たない細かな配慮で新堂を感動させてくれた。

そして何より、ふとしたときに向けられる、ちょっとはにかんだ笑顔がいい。確かに子供のころから晴の笑みには和ませてもらってきたけれど、十九歳にもなって――しかも堂々とした体軀《たいく》と完璧な美貌の持ち主に成長してもなお癒してもらえるとは思わなかった。晴のぎこちなさと素直さが同居している笑みにはなぜだか心が洗われて、おまけに柔軟剤までたっぷりかけられたような気分になってしまうのだ。

「もしかして実は歯科助手のバイトしたことあった？」

ミヨが帰ったあと、カルテを記し終えた新堂が尋ねる。いえ、と晴がユニットのヘッドカバーを取り替え、きょとんとした顔で否定した。

「いや、気働きがあるっていうか、すごいちゃんとしてるから。じゃあやっぱりあれかな、家の手伝いで接客してたから、そういうのが自然に身に付いてるとか」

滅菌しつつ返す。晴は大仰に首を振った。

「そんなことないです。何も出来ないし」

褒められて困ったように眉《まゆ》を寄せる。そんな晴に新堂は太鼓判を押した。

「初めてでこれだけ出来ら文句なし。前のバイトでも重宝がられただろ。ホント店長、辞めさせて損したな」

おかげでこっちは今日来てもらえて助かったけど、と新堂が笑って言い添える。コンビニの後のバイトはまだ決まっていなかったそうで、夏休みが終わってから探すつもりだったと、今朝車の中で話していた。

「こちらこそ、手伝わせてもらえて良かったです」

晴がじっと新堂を見やり、ゆっくりした口調で話す。

「患者として来るのとは全然違うから、ためになります」

改まった調子で神妙に答える。だと頼みやすいんだけど、と新堂はその顔をみつめ返し、そろりと切り出した。

「もし出来たら、夏休みの間手伝ってもらえない？」

「え」

伝えた途端、晴の目が一際大きくなる。

智香は今回の入院を機に、仕事を辞める決意を固めたようだ。朝一番に病院の智香から電話があって、退院後もしばらく自宅で安静にしていなければならないし、今は子供を第一に考えたいと夫婦で決めたと報告してきた。

（本当に急で、先生にも西尾さんにも迷惑かけて申し訳ないんですけど――）

そう智香が謝り、新堂は気にするなと励ました。もちろん当初の予定通り働いてもらえたら助かるけれど、新しい命を守ってほしいと願う気持ちのほうが比べ物にならないくらい強い。助手の代わりはいても、おなかの子の母親は智香以外にいないのだ。

ただ問題は後任が決まっていないことだった。募集広告を出して、面接をしてという一般的な流れだと、決定までやはり数日はかかる。かと言って焦って誰でもいいから採用するというのも問題だし、そもそもこんな住宅地の小さな医院に応募してくる人がいるかどうかも謎だ。麻由も智香もこの近所に住んでいて、求人を出したときちょうど仕事を探していたのだ。そんなタイミングのいい話がそうそう転がっているとは思えない。

患者数だけを考えれば、しばらくの間麻由だけでもどうにかなるといえばなるだろうが、やはりひとりとなると心身共に負担が大きいだろうし、麻由は小さい子供がいるから、いつ急に休むことになるかもわからない。

ある程度余裕を持って決めたくてもそんな場合じゃないかと迷う新堂の頭の中に、夏休みの間晴に続けてもらえないだろうかという都合のいい考えは実は昨夜《ゆうべ》から浮かんでいて、今日晴の働きぶりを見てはっきりとそう願うようになった。

バイトは今していないと言うし、夏休みで時間の融通が利く気がする一方で、晴には晴の予定があるだろうとも思った。

とりあえずひとりで考えていても仕方がない、駄目で元々、聞くだけ聞いてみようと尋ねてみることにしたのだ。

「もちろん地元に帰ったり、友達と遊んだりもあるだろうし、空《あ》いてるときだけでいいんだ。今日みたいに手伝ってもらえたら有り難いんだけど」

「手伝うって――、全然何も出来ないですよ」

新堂の依頼に、晴が深刻な表情になった。それに新堂が笑い返す。

「今日くらいやってもらえたら文句なし。明日から西尾さんも来るし、今日より負担は減るはずだから」

「負担とか、そんなことはないんです。ただおれみたいに何もわからない人間がいたら邪魔になるんじゃないかって――」

「それはない。むしろものすごーっく助かってます、マジで」

力を込めて言い切ると、晴の瞳が少し揺らいだ。

本当は断りたいから自分の力不足を理由に持ち出しているのか、それとも本当にそう思っているのか、それを見極めるくらいは三十年以上生きているから出来るつもりだ。晴の言葉は表面どおり純粋に受け止めて良さそうだった。それなら引かずに押してみるまでだ。

「無理じゃなければ次の人が決まるまで——、決まらなくても夏休みが終わるまで、一ケ月でいい。もし何か予定があれば、そっちを優先してくれていいし。あ、もしかして家の手伝いとかすることになってた？」

「いえ、予定は別にないです。実家に戻るのはお盆のときだし、友達とも、別に旅行とか約束してないし」

晴がじっとこちらをみつめ、慎重に呟く。

「……先生の診察、そばで見させてもらえるのはすごく勉強になると思うんです。だから続けさせてもらえるなら続けさせてほしいんですけど、ただ足手まといになったりしたら申し訳なくて」

「ならないよ。万一なったとしたら、それは俺が悪いんであって、晴くんには何も責任がない。そんなことは考えなくていい」

新堂の断言に、晴の目元の揺らぎが大きくなる。ここが押しどころだ——大人の狡《ずる》さがそうささやいてくる。けれどそればかりではなく、新堂個人の気持ちとしても、晴にこの先も

手伝ってほしいと思った。なぜだか目を引き付けられる、おだやかな表情の持ち主に。

「こんな小さなところじゃ晴くんの勉強の役には立たないかもしれないけど、俺に教えられることは何でも教える。向かないと思ったら辞めてくれていい。それくらい気楽に考えて」

軽い調子を作って誘ってみる。表情を変えず新堂を見ていた晴が、少し間を置いてから口を開いた。

「……それじゃ、もう少しやらせてもらってもいいですか？」

「助かる！　良かった」

安堵と感激とで思わず手を取り、がしっと握り締めた。面食らったのか晴が目をぱしぱしさせる。そんな初めての表情がやけに可愛らしくみえて、新堂はつい笑いをこぼした。晴もおかしくなったのか、ちょっと遅れて笑う。

「今日、仕事のあと少しいい？　詳しいことは改めてそのときに」

晴が頷いた直後に入り口が開き、次の患者が入ってきた。

よろしくお願いします、と背を向けていた晴が向き直って挨拶をした瞬間、中年の女性患者の顔がぱあっと赤く染まる。

「あら、新人さん？」

しばらくこれの繰り返しだなとちいさく笑いながら、新堂は手を洗い出した。

「んー、美味《おい》しい！」

カルビを頬張り、麻由が満足げに目を細めた。

「晴くん、どんどん食べてね。たくさん食べなきゃ大きくなれないわよ」

「いや、これ以上大きくなっても仕方ないんで……」

隣から生真面目な面持ちで返す一八四センチの十九歳を見やり、それもそうか、と日頃その言葉が我が子への口癖になっているらしい麻由がけらけら笑った。

晴が新堂歯科に来て初めての金曜日の今日、診療のあとで歓迎会を開いていた。場所は医院近くの焼き肉屋。何年か前なら間違いなくススキノまで出たはずだが、今となっては歩いて帰れる場所が一番だというのが新堂と麻由、同年代ふたりの意見だ。十代の、しかも今日の主役をそれに付き合わせてしまったのは申し訳ないけれど。

「やっぱり夏は焼き肉ですよねー。梶ちゃんが落ち着いたら、みんなでジンギスカンしたいな。でもお産が終わるまでは無理かなぁ」

久々の夜の外出ということもあっていつもより麻由はテンションが高い。どうだろうな、とサガリを食べつつ新堂が相槌《あいづち》を打つ。

智香の容体はずいぶん安定したそうだ。今日も病院を抜け出して食べに行きたいとメールがあったと麻由が言っていた。

「落ち着いたらちゃんと送別会しなきゃな」

「そうですよね、してあげましょう。梶ちゃん、とにかく晴くんに会いたくて仕方がないみたいですよ」

ふふふと楽しげに麻由が笑う。いきなり自分の話題になって、え、と晴が驚いたように目を向けた。

「どうしてですか？」

「そりゃ決まってるじゃない、格好いい男の子がいるって知ったら気になるわよ」

「……いや、別に格好良くないですけど」

困りきっている晴に、あなたが格好良くなかったらどうするのよ、と麻由が真顔で言い返す。

晴の写真を麻由がメールで送って以来、生で見てみたいと智香の乙女なミーハー心が疼《うず》いているらしい。向かいに座る晴を見やり、その気持ちはわからなくもないと新堂はかすかな笑いをこぼした。

麻由はすっかり晴を気に入った様子だ。この容姿に加えて気の利く性格、もちろんまだ仕事は完璧ではないが、不慣れさを補って余りあるだけの長所を持っている。直接晴を見るまでは、男でしかも学生ということで多少不安を感じていたようだが、実際会ってみたらすっかりそんなマイナス意識は麻由の中から払拭《ふっしょく》されたらしい。学校を辞めてうちに就職しなさいよと、妙な勧誘までしていた。

晴もだいぶ慣れてきたのか、まだぎこちないながら患者とも麻由とも程よい距離でコミュニケーションが取れているふうにみえる。

「もっとも晴くんに会いたいのは、梶ちゃんだけじゃなくて患者さんたちもみたいですけどね」

焼き網に野菜を並べつつ、麻由が楽しげに付け加えた。

「それも全然ないと思います」

眉間に緩く皺を寄せて晴が否定する。けれど麻由は、あるわよ、と軽く一蹴《いっしゅう》した。

「実際患者さんの数増えてるし。ね、先生?」

「そうだな。おかげさんで、じわじわと」

ビールを飲み、新堂がゆったりと答えた。正面から尚も疑い深げな視線が飛んでくる。

麻由が言うとおり、晴は患者にもずいぶん気に入られていた。ミヨから話を聞きつけた太田と手塚が早速検診がてらやってきて、ミヨ同様、頬を赤く染めて帰って行ったのが初日の夕方だ。そのあともこの五日間、どういう口コミなのか、新患再来問わず、少しずつ患者が増えてきている。どんな動機であれ、とりあえず来てもらえるのは有り難い。

「確かに芸能人顔負けの助手がいるって聞けば、俺も女だったら行ってみようって思うかも」

ふざけて呟いた新堂をじっとみつめたまま、晴が真剣な面持ちで口を開く。

「……せ、先生のほうがずっと格好いいです」

思いがけない反応に思わず一瞬呆然として、新堂はブッと吹き出した。麻由も声を上げて笑っている。

「イケメン同士の褒め合いの図だ！　梶ちゃんに教えてあげなきゃ」

鞄《かばん》から携帯を取り出し、きゃっきゃとはしゃいでメールを打ち始める麻由の隣で、晴の表情が参観日の発表に失敗した子供さながら固まった。

「――悪い悪い、まさか晴くんにそんなふうに褒められるなんて思ってもみなかったから」

新堂がフォローを入れると、晴は恥ずかしげに瞼を伏せた。長い睫《まつげ》が縁取る目元は、ほんのり赤く染まっている。

まだ大人社会に慣れていない十代なりに、頑張って社交辞令を言ってみたのだろう。いかにも成長しきった見た目とのギャップもあって、そんな初々しさが余計に微笑ましい。

「けど実は先生も相当ハンサムなんですよね。見慣れちゃったからか、性格のせいか、最近全然意識しなくなっちゃいましたけど。なんでだろ、力抜け過ぎだからかなぁ」

親指をキーの上で素早く動かしながら、麻由が淡々とコメントする。

「……はは、そりゃどーも」

乾いた笑いで返す。褒められているのかいないのか、微妙に悩むところだけれど気にしないことにしてビールを飲んだ。確かに力が抜け過ぎているのは言われるまでもなくよく自覚している。

「あ、ほら、焼けてる」

新堂が網の上の肉を勧める。晴は箸を伸ばして一切れ食べた。その遠慮がちな食べかたに気が揉《も》める。

「いいからもっと食べろ。若いんだから」

焼けている肉をまとめて摘《つま》み、晴の皿に置く。同時に晴が、ちょっと強張《こわば》った顔になった。

「悪い、食い箸嫌だった？」

詫《わ》びる新堂に晴は慌てた素振りで首を振ったが、その頬はまだ硬い。自分は回し飲みも食べかけを口にするのもまるで頓着しない質《たち》だけれど、晴はそうではないのかもしれない。今までの付き合いでは気付かなかったものの、成長と共に変わることもある。気をつけろと自分を窘《たしな》めた。

それにしても晴の前では自分も麻由と同じような母親モードになっていることに気付いて、それもそうかと心の中でちいさく笑った。いくら大きくなったとはいえ、小学生のころから知っている相手で、しかも一回り以上年下なのだ。自分の仕事を助けてくれるほどに成長した今も、気持ちの中では無意識のうちに晴をまだ子供として見ているのかもしれない。

「……あの、患者さんの話になるんですけど」

智香からすぐに返ってきた『そのまま移動して私の病室で歓迎会してください！』というメールを披露する麻由と、それに笑う新堂に目を向け、不意に晴がおずおず切り出してきた。

「紹介で来てる患者さんが多いですよね。先生が上手だからだと思うんですけど、もっと積極的っていうか、自発的なアピールとかしないんですか？」

「やっぱり晴くんもそう思う？」

携帯を鞄に戻し、麻由が身を乗り出した。

「梶ちゃんもよく言ってたんだけどね。先生がほら、全然やる気ないのよ」

「どうしてですか？　大学病院のときはすごく忙しくしてたのに」

素直な瞳がまっすぐ新堂に向けられる。純粋に不思議に感じている、そんな表情で。

「……あくせく働くより、ゆっくりやるほうが性に合うっていうか」

おそらくまだきれいなものしか見ていないだろう晴に、わざわざ大人社会の汚さを教えたくもない。適当にごまかして答えたら、晴は納得していなさそうに新堂を見た。

「か、患者さんが気の毒です」

「え？」

思いがけない言葉を吐かれ、心のモードが切り替わる。どういうことだと晴をみつめ返す。

晴はいつになくはっきりとした口調になった。

「すごい腕を持ってて、それを使う機会を積極的に作らないなんて。本当だったら先生のところで最高の治療を受けられたかもしれないのに、新堂歯科を知らないでよそに行っちゃってる患者さんがいるってことですよね。いい腕を持ってる人は、それをちゃんと知らせる義務があると思います。じゃなきゃ患者さんはわからないんだから」

熱のこもった主張が、ずんと鳩尾《みぞおち》のあたりにぶつかってくる。

正直、技術や手技を褒められることは何度もあるし、今の状態だとそれが宝の持ち腐れになるとせっつかれることも度々だ。

でも患者が気の毒だと言われたのは初めてだった。今までまったく思ってもみなかったことを指摘されて目から鱗《うろこ》が落ちた気分の新堂を見て、気を悪くして黙っていると思ったのか、麻由が茶化して口を挟む。

「晴くんてば、案外熱血ー。それとも実はお酒飲んでた？　飲めないってウソ？」

からかわれ、はっとしたように晴が目を見開いた。

「……すみません、おれ」

慌てたふうに呟き、うろたえたまなざしを寄越してくる。若さゆえに感情が高まるまま言葉にしてしまったのか、悔いを浮かべる晴に、新堂はのどかな笑みを投げかけた。

「気にしない、気にしない。ちょっと新鮮だった。そうやって言われるのも、熱い晴くんも」

からりと返すと、晴はいたたまれなげに唇を噛《か》み、もう一度頭を下げた。

「あ、メール。梶ちゃんからだ」

ちょうどタイミング良く鳴った着信音で話題が切り替わる。写真が見たいという智香からのリクエストで、麻由と晴のツーショットを新堂が撮って送信した。

「……あの、先生とも撮ってもらっていいですか」

晴がおずおず申し出てきた。恐らく新堂も写さなければと気を回したに違いない。携帯世代の若者ではないから写真に興味はないし、いつもなら遠慮するところだけれど、ここで断ればさっきの意見に気分を害していると誤解されかねなくて、ふたり並んで晴の携帯画面に収まった。気を回した晴が、それを新堂にも送信してくれる。

それきり経営についての話は出ず、基本的に呑気なことばかりを喋《しゃべ》った。麻由の五歳になる息子が同居している父親にしでかした悪戯《いたずら》だとか、景品が鮭だった晴の故郷の運動会の思い出だとか。快活な麻由の息子の話に晴も笑い、道路に牛と車が並んで走るという晴の地元のエピソードに麻由が目を丸くした。

お開きになったのは二時間ほどしてからだ。もう食べられないというだけ食べ、すっかり満足してから店を出た。麻由の家はすぐそこで、朗らかに手を振って帰って行った。

今日は飲むとわかっていたから車は家だ。

「どうする？　タクシー拾う？」

「おれは歩きます」

晴の返事を聞き、じゃあそうするかと肩を並べる。家までゆっくり歩いても二十分かかるかどうかの距離だ。

九時過ぎの表通りは車は走るものの、人影はまばらだった。ほど良い湿度を含んだやわらかな夜風が、アルコールが入って少しほてった体に吹きつけてくる。

ふと空を見ると、きれいな月が浮かんでいた。

（ああ、煙草――）

いつもなら吸いたくなるのに、今日はそんな気にならない。多分晴のせいだ。清らかな空気を作り出す人間が隣にいるから。

遠慮深いばかりかと思えば、主張をするときにはする。これまで知らずにいたそんな一面がちょっと意外で、好ましくも感じた。従属するのではなく、きちんと自分の意見を持っている人間は清々しい。

まだ数日しか働いていないのに、新堂歯科についてしっかり考えてくれていることに感謝もしたし、他人とは違う着眼点を持っていることに年下ながら敬服した。あんなに小さかった晴がと思うと感慨もひとしおだ。

「晴くんに来てもらえて本当に良かった」

本心からの思いでそう呟く。晴が戸惑うようにこちらを見た。少し不安げな顔をみつめ返して続ける。

「仕事もきちんとやってくれるし、細かいところにまで気が回るし。それにさっきみたいなことも言ってくれる」

カッと晴の頬が赤くなる。すみ、まで口にしかけた晴に、ません、はいらないと新堂は笑った。

「本当に新鮮だった。そういうふうに考えたことなかったから。いろいろなこと、違う視点で教えてもらえると有り難いな」

「……怒ってないですか？」

おずおずと訊かれ、どうして、と尋ね返す。

「何もわかってない素人《しろうと》が余計なこと」

「怒るわけないだろ。何を怒ればいいんだか」

喉で笑う。晴の頬にやっとほっとしたような色が浮かんだ。昔と変わらないその素直さを好ましく思いつつ、新堂は問いかけてみた。

「このあとうち寄ってかない？」

もっと晴と話をしてみたかった。そんな気持ちに導かれるまま誘ってみたら、ぱあっと晴の顔が華やいだ。

「いいんですか？」

珍しく率直な反応をされ、新堂の心にじわりと喜びが湧き上がった。いつも遠慮が第一にくる晴が自分の意思を優先にした。本当に来たがっているのだと感じられて、なんとも言えず嬉しくなる。

「もちろん。外より家のほうが気楽だろ」

けれど浮かれ気分で答えた新堂の隣で、晴は一瞬のうちに気まずげな表情に変わってしまっていた。

「あ、いえ……、でもやっぱりご迷惑ですよね」

一度は食いついたものの、直後にはっと我に返ったのだろう。慌てて辞退した晴をなぜだか逃したくなくて、新堂は力強く声にした。

「全然。朝まで話してたって疲れない」

何をむきになっているんだと自分に訝《いぶか》しみつつ引き止めていた。

どうしてこれほど心が動かされるのかわからない。まるで好みのタイプの女の子を口説《くど》いているような、もう何年もしたことのない行為を、なぜ恋人でもない十五も年下の晴相手にしているのか——冷静にそう思うのに、言葉は口から滑り出す。

「そうだ、パインジュース頼んでたよな。こないだ友達に石垣島の」

美味いのを貰《もら》ったんだ、と続けかけた新堂の唇の動きがピタッと止まる。同時にさあっと背中に氷の汗が流れた。

晴がパインジュースを注文していたのはあのレストラン――晴の思いを聞いてしまったとき。それ以外の場面では、飲んでいるのを見たことがない。さっきの店でも晴の前にあったのはウーロン茶だ。

どうしよう、まずい、ばれただろうか――足を止め、おそるおそる晴を見る。思い当たる節があったのだろう、晴の顔からも血の気《け》が引いていた。

……ばれた、これは絶対ばれた。体からずるりと力が抜けていった。もうごまかしても仕方がない。腹を括り、新堂は頭を下げた。

「ごめん、聞こえてた。前にファミレスで女の子と話してるの……、後ろの席にいて」

いたたまれない気分に苛《さいな》まれながら詫びる。晴が店に来た段階で、自分がその場にいることを教えるべきだったと二度目の後悔をしてももう遅い。

「……それって、あの――」

ふらついた声が聞こえて顔を上げた。

新堂の前に立つ晴は、今まで見たことがないほど呆然としていて、今にも倒れそうにみえた。顔色は青白く、目に力がない。それは当然すぎるほど当然で、新堂は慌てて口を開いた。

「大丈夫、誰にも言ってないし、言うつもりもない。――もちろん叔父さんにも」

それを聞いた晴の表情がちょっと不審げなものになった。本当かどうか疑っているのかもしれない。

話せるわけがないだろうが——心の中で反論する。平和な家庭をむざむざ壊すような真似をするほど性格は悪くないつもりだ。

「本当に……？」

いくらかの間をおいてからぼんやりと呟かれた声に、新堂は深く頷いた。

「本当。絶対藤野さんに、っていうか誰にも言わないから。俺が勝手に喋っていいことじゃない」

じっと晴をみつめ、それくらいの常識はあると言い添える。

晴が信じてくれるかどうかはわからないが、傷つけるつもりはないという気持ちだけはちゃんと伝わってほしいと願った。

「……ごめんなさい、わかりました。ありがとうございます」

少ししてから晴が答えた。無理やりらしい作り笑顔をくっつけて。

もどかしさを覚えながらも、新堂にはどうにもしてやることが出来ない。

また夜道を家に向かって歩き出す。ちらと見上げた月は、何事もなかったように、しらじらと白く輝いている。

しばらく進んでから、あの、と晴が小声で切り出してきた。

「……今日はやっぱり遠慮しておきます。せっかく誘ってもらったのにすみません」

さすがに精神的に疲れたのだろう。しつこく引き止めるわけにも行かず、そう、と返事をした。けれどそんな短い返事だけでは、本心では男に恋をしている自分に嫌悪を抱いているんじゃないかと晴に思われないかと危惧《きぐ》する。

（――いや、でも）

元々その恋心を知っていて、その上でバイトを頼んだり家に誘ったりしたという現実を鑑《かんが》みてもらえればわかるはずだと自分なりに結論づけていたときだった。

「その代わり、家に着くまでちょっと話しててもいいですか」

もちろん、とすぐに新堂が頷いた。同時に歩みの速度を少し遅くする。

隣からほのかな緊張感が伝わってくる。確かに落ち着いていられるわけがないだろう。気の毒なことをしてしまったと改めて痛感した。聞かなかったことにしておこうと決めたのなら、ぼろを出すような真似をしてはいけなかったのにと自分を責めた。

晴はなかなか口を開こうとしなかった。こちらから水を向けたほうがいいだろうかと思いはしても、何を喋っていいかわからない。不用意なことを言って傷つけたくはないし、かと言って当たり障《さわ》りのない世間話をしたいわけでもないだろう。

迷っているうち、あの、と静かな呼びかけが聞こえてきて、新堂はふっと隣を見た。晴のまっすぐな瞳がじっとこちらに向けられていた。

「気持ち悪くないですか。……男のおれが、その、男の人を好きだって」

デクレッシェンドでささやかれた。

（——そうか）

確かに普通その心配をするはずだ。一般的ではない恋なのだから。告白してきた椿という女の子からも、おかしいと否定されてしまっていたことを思い出す。

傷を治すことは出来なくても、せめてそれ以上痛みがひどくならないように願いつつ新堂は返した。

「……聞いたときはそりゃやっぱりちょっとびっくりした。けど気持ち悪いとかは全然思わなかったよ。自分でも不思議」

偽ることなく、ありのままの思いを伝えた。晴は黙って新堂をみつめている。

理解のある人間を演じたいわけではなく、晴に気を遣ったわけでもなく、純粋に事実だった。嫌悪を感じているなら晴にバイトを頼まないし、親しくなりたいとも思わない。そんな事柄からわかってもらいたいと願う一方で、晴がその言葉をなかなか信じられなくても無理のないことだとも思う。それでも疑わないでいてほしかった。

「俺で良きゃ相談に乗る。役に立てるかどうかはわかんないけど」

ちいさく笑いかけると、ありがとうございます、と晴が消え入りそうな響きで答えた。声と同じに晴が儚《はかな》げに感じられて、思わずその手を摑みたくなった。

「……おれ、子供のころから」

車が数台通り過ぎて行ったあとで、晴がふと切り出した。うん、と新堂はゆるやかに先を促した。

「同じ年代の女の子って、なんか苦手だったんです。正直、べたべたされるとなんか気持ち悪いっていうか……、だけどそんなこと誰にも言えないし」

「まあ――、そりゃそうだよな」

気の利いた相槌のひとつも打てない自分に情けなくなりつつ、ちいさく頷く。

「もしかしたら付き合ってるうちに変わるかもって、告白されたら付き合ってみたりはしたんですけど、やっぱり駄目で。申し訳ないんだけど、誰のことも好きになれなかった」

いつも相手の顔を見て話す晴が、今はうつむいている。心の痛みがじわりと伝わってきて、新堂も胸が苦しくなった。

「そういう気持ちって、相手に伝わっちゃいますよね。だからいつもすぐ振られて終わり」

「いや、ずるずる付き合ってるより良かったんじゃないか？　晴くんにとっても、女の子たちにとっても」

そんな正論は晴だってわかりきっているはずだ。なのにほかにどう励していいのかわからない。晴は、ありがとうございます、と弱々しく微笑んだ。

「誰も好きになれないなんて、おれの心のどこかがおかしいんじゃないかって考えもしました。だけどまだ本当に好きな相手に会えてないだけで、いつか運命のひとに出会えたら、好きって気持ちがわかるはずだって思ってた」

運命なんて普通の男が言えば笑ってしまうかもしれない単語が、晴の口から出るとやけにきらめいたものに感じられる。それが晴のすごさだ。

「……だけどそのひとが男だったっていうのは、自分でもどうしたらいいのかわからなくなりましたけど」

苦く笑う晴の横顔は少し自嘲を帯びているふうにみえた。日頃は浮かべることがないそんな表情――晴がどれほど苦しみ、悩んでいるのかが感じられた。

「でもわかったんだろう？　好きって気持ちは」

励ましたくて、そう声をかけてみた。何か考えるようにじっと伏せていた晴が、はい、とちいさく、はっきりと頷いた。

「好きなんだって気がついたのは、高校生になったころです。光り輝いてみえたっていうか……それは今もなんですけど。そばにいられるだけで幸せで、嬉しくて、叶わなくたっていいって思えるくらい」

淡々と紡がれる声はとても深みがあった。どんな乙女チックなことを口にされても不思議と笑えない。静かな情熱が晴の全身からあふれている。本当に好きなんだと――藤野を思っているのだと伝わってくる。彼が光り輝いているというけれど、恋を語る晴も新堂の目には充分にきらきらと輝いてみえた。

そして同時にかわいそうでやりきれなくもなる。それほど好きな相手は同性で、しかも叔母の夫なのだ。運命を感じるひととは、残念ながら結ばれる可能性はかぎりなくゼロに近い。

晴を激励したくて唇をわずかに開き、声を出せずにまた噤《つぐ》む。先のない恋をしてしまった相手にかける言葉はなかなか出てきそうになかった。

それでも実らないとわかっていても、そのひとを慕い続ける晴のひたむきさに胸を打たれていた。

成就しない思いを抱えていられる一途さに胸がじんわり熱くなる。何もしてはやれないものの、せめて自分だけは晴の恋を応援してやりたいと思った。


「どうでしたか、今のひと」

昼休み、ドアを開けておいた院長室に、麻由がひょっこり顔を覗《のぞ》かせ尋ねてきた。

「うん、感じは良かった。向こうがうちでいいって思ってくれるかどうかはわかんないけど」

履歴書を封筒に戻し、新堂が呑気に答える。

先週発売された求人情報誌に新堂歯科の募集広告が掲載された。応募者がいないという最悪の事態も想定していたものの、幸い三人から問い合わせが来た。空いている時間や休憩時

間に面接を行い、今帰った三十代の女性が最後だった。

「西尾さんは誰がいいと思う？」

「私は誰でも。みんないいひとそうでしたよ。まあ本当は、晴くんが一番いいんですけどね」

悪戯っぽく笑って麻由がつけ加える。えっ、と受付で午後の支度をしている晴の戸惑い声が新堂の耳にも入ってきた。

「ホントにねぇ、学校辞めて新堂歯科に就職してくれたらいいのに。即刻採用よ、間違いなく」

なに言ってるんですか、と晴が苦笑いで返すのが聞こえてくる。

晴の臨時アルバイトが始まって二週間あまり、今ではかなり仕事にも慣れた様子で、患者たちからも可愛がられ、慕われている。けれど晴の勤務は来週末までだ。確かにこのままずっと続けてもらえたらと新堂も思いはしても、今月いっぱいで夏休みは終わる。学校が始まればとてもフルタイムで働いてはもらえない。

「だけど晴くんがいなくなっちゃったら、患者さん、がっかりしますよねぇ」

新堂が午後のアポイント表を見に受付に出て行くと、麻由が晴に目を向け、ため息混じりに呟いた。

「特に女性の患者さん。晴くん、モテモテだもん」

「だからそんなことないですって」

いつも麻由がそうやってからかうのは、頬をかすかに赤くしてきっぱり否定する晴が可愛いかららしい。確かにその気持ちもわからなくはない。

「晴くん、学校始まってからもバイトで来てくれたらいいのに。毎日じゃなくても、夕方とか」

満更冗談でもなさそうに麻由が口にした。新堂も同じことを考えてみたことはある。しかし今の新堂歯科の経済状態では、常勤のスタッフふたりに加えてバイトを雇えるだけの余裕はない。かと言って普段は麻由ひとりで、週に何度か晴に来てもらうとなれば、いくら小さな医院とはいえ麻由の負担が大きくなってしまう。

（……やっぱり無理だよなぁ）

改めて考えつつふと外に視線を向ける。真昼の陽射しは一際強さを増していた。建物や人の影が、くっきりとした輪郭でアスファルトに映る。

「あーあ、雨降らないかなぁ」

空を見上げ、唐突に麻由がぼやいた。ぷっと新堂が吹き出す。

「西尾さん、休みはキャンプだっけ」

そうなんですよ、と麻由が渋い顔で頷いた。新堂歯科は明日から週末まで四日間の盆休みで、麻由は家族で洞爺湖畔《とうやこはん》へキャンプに行くのだそうだ。

「正直私はアウトドア苦手なんで、乗り気じゃないんですけどね。旦那と息子がふたりで燃えちゃってて。雨になれば中止に出来るんだけどなー」

「だけど夏の思い出になりますよ。息子さん、きっと一生忘れないと思います」

やさしく告げる晴に、麻由がしみじみとしたまなざしを投げかけた。

「晴くんレベルの孝行息子に育ってくれたらいいんだけどなぁ。うちのは無理だわ」

「そんなことないですよ。西尾さんみたいな温かいお母さんに育ててもらったら、絶対いい子に育つに決まってます」

麻由が一瞬ぽけっと晴を見て、それから、もう晴くんたら、と頬を真っ赤に染めて喜んだ。バシーンと晴の腕を叩くオプションつきで。

普通であれば歯が浮く台詞《せりふ》が、まったく空々しく聞こえないのは晴の人徳のなせる技だ。お世辞や社交辞令ではなく、本心から言っているのが、瞳と日頃の晴の純粋さから伝わってくるから。

「仕方ない、どうせ行くなら楽しんでくるわ」

そうですよと微笑む晴は、大柄な青年とはいえ慈母めいている。

晴はといえば、明日から地元に帰る。元々臨時のバイトだし、こちらのことは気にせずゆっくりしてきたらいいと勧めたものの、四日もいれば充分だからと返された。それが新堂への気遣いなのか、それとも少しでも藤野と一緒にいたいからなのかはわからないが。

藤野夫婦と子供たちは、一足早く今日から藤野の実家があるニセコへ行くそうだ。戻ってくるのは晴と同じ、日曜になる。

数日藤野と離れることが決まっているせいか、ここ最近晴はちょっと沈んでいるように新堂の目には映っていた。今日も笑ってはいても、その笑みに少し力がなく感じられる。ふとしたときに見せる表情はどことなく寂しげだ。

晴の口から直接藤野へのひそかな思いを聞いて、十日以上が経つ。告白のあと、週末を挟んで月曜の朝に顔を合わせた晴は、何事もなかったように新堂に接してきた。正直どんな顔をしたらいいか少し迷いがあった新堂も、それまでと同じでいることが出来た。

言い訳や撤回をしたそうな気配はなく、もしかしたら打ち明けたことを悔やんでいるのかもしれないが、忘れてくれと頼んでもこなかった。こちらから話題を出すことでもない以上、新堂に出来ることはただ見守るだけに思えた。

「今日、晩飯一緒にどうだ？」

とりあえずこんなことしか出来ないから、今夜ひとりで過ごす晴を食事に誘ってみた。日頃家族で——まして好きな相手と夕食を摂《と》っている人間が、ひとりで食べるのは寂しいはずだと思ったからだ。けれど晴の反応は、済まなげな顔だった。

「すみません、友達に飲み会誘われてて」

ぺこりと晴が頭を下げた。それを見ていた麻由が茶化す。

「先生、振られちゃいましたねー」

残念だとふざけた調子で答えつつも、内心では我がことながら意外なほどダメージを受けてしまっていた。

約束があるというのは多分ただの口実だ。この前聞いたとき、地元に戻る準備を前日にしなければと言っていたから。つまり新堂と一緒にいるのが嫌か、さもなければ食事を摂る気にならないほど落ち込んでいるか――よほど自分が鈍いのでなければ、晴がこちらを嫌っている素振りは見受けられないので、恐らく後者の理由だろう。

それほど藤野を好きなのかと思う。数日離れるだけで、元気がなくなってしまうほど。水やりを忘れられ、萎《しお》れかけている植物さながらに。

そんな晴をかわいそうに思うのと同時に、なぜかかすかな苛立たしさを感じてしまっている自分に不意に気付いた。

(……なんだ?)

晴が藤野と離れることを寂しがっているからといって、どうして自分が心の水面にさざ波を立てなければならないんだ――？　まるで嫉妬《しっと》でもしているみたいじゃないか――。

「まさか」

「はい？」

無意識に声に出していたらしい。昼休み終了十分前、いつも通りに戸口の鍵を開けに向かった晴にきょとんとした顔を向けられ、なんでもない、と慌ててごまかし院長室へ戻る。

「――あり得ないっての」

苦々しく、低い声で呟く。いくらいい子だろうと滅多にいないクラスの美形だろうと、自分が晴に恋愛感情を抱くわけがない。晴は十五も年下で、好きな相手もいるのだ。そもそも同じ性を持つという段階で、自分の場合恋愛には成り得ない。

「……なに考えてるんだか」

突拍子もない発想に呆れて苦笑いしていたとき、えっ、と晴の驚き声が聞こえてきた。どうしたのかとひょいと院長室から顔を出してみたら、入り口に晴と女性が立っていた。くっきりした瞳と艶《つや》のある黒髪が印象的な、晴と同年代のその女性に見覚えはない。アポなしの新患かなと思いつつ、こんにちは、と新堂は挨拶をした。

「――どうも」

こちらに値踏みするふうな視線をしばらく投げかけたあとで、女性は愛想のまったくない、聞こえるか聞こえないかの声で答えた。

正直普通であれば失礼な態度だろうが、喜んで歯医者を訪れる人は多くはない。大抵は渋渋、歯の痛みゆえに仕方なしにやって来る。だから多少感じが悪い患者が来ても、新堂は常に気にしない。そういった患者たちも、治療が終われば晴れやかな表情で帰って行くのを知っているからだ。

なのにこの女性はどこかそんな患者たちと雰囲気が違ってみえた。その違和感に訝しさを覚えていたら、あの、と晴が遠慮がちに訊いてきた。

「同じ学校の衛生士科に通ってる友達で――、予約してないんですけど、いいですか？」

「それは構わないけど……、午後イチで石垣さんの予約が入ってるから、ちょっと待ってもらうことになっても良ければ。そのあとなら大丈夫だよ」

晴に向けた新堂の言葉に、構いません、と女性がぶっきらぼうに言い放つ。直後にミヨが、暑いねえ、と手うちわで扇《あお》ぎながらやってきて、新堂は診療室に入った。

時折視線を向けてみても、待合室に座る女性の顔に笑みが浮かぶことはなかった。しかも友好的とは言い難いその視線は、ミヨの治療をしている新堂にじっと向けられているのだ。

正直かなりやりにくい。けれどまさか当人に言うわけにもいかない。よほど歯医者にトラウマでもあって不信感を持っているんだろうかと思ったが、それならば歯科の専門学校には進まない気がする。もしくは好意的に考えると、歯科学を学ぶ身として、新堂がどんな治療や態度を患者に取るのか見ているのかもしれない――それにしては目付きがきつい気がするが。

何はともあれ初対面、相手に好悪の感情を抱かれようがない。こちらの気にしすぎかもしれないし、仮に嫌われているにせよ、プライベートで付き合う相手ではない。仕事上の関係と思えば割り切れることだ。

ミヨの今日の治療を終え、いつものおしゃべりに相槌を打っていると、次の診療の支度を整えた麻由が、村尾《むらお》椿さん、と呼びかけるのが聞こえてきた。

（椿……？）

その名を耳にしたとき、ふと引っ掛かった。聞き覚えがある――どこでだっただろうと頭の片隅で考え出した瞬間、あっと思い出した。――ファミレスで晴に告白をした女の子。確かその名前ではなかったか？

さっと晴に目を向ける。新堂の推測を肯定するような、居心地の悪さといたたまれなさとを混ぜ合わせたような表情を浮かべてこちらをみつめ返してきた。

そうか、晴を好きな子か――諦めないときっぱり言い切っていた。晴のこの様子では、彼女はまだその宣言を翻していないのだろう。それでもなぜ自分が好戦的な目を向けられるのかはわからないが。

とりあえずどんな事情があるにせよ、治療をする上では無関係だ。当然晴はやりにくいに違いないけれど、ちょっと我慢してもらって、あとは出来るだけこちらでフォローするしかない。

気持ちを切り替え、新堂はミヨを待合室に送ってから椿のユニットに近付いた。

「こんにちは。今日は検診と歯石の除去ということですが――？」

村尾椿と名が記された問診票を見やり、新堂が問いかける。椿は素《そ》っ気《け》なく頷いた。さすが衛生士の卵だけあって、どの歯も磨き残しがなくきれいだった。

「すごいな、丁寧に磨いてる」

なかなかここまで磨ける人はいない。素直に賞讃した。切れ長の目がちらりとこちらを見た。

「当然のことです」

付け入る隙のない冷ややかな応答。いちいち怒るほど新堂も子供じゃない。笑みを作り、言葉を続けた。

「虫歯もなし。これからも気をつけてあげてくださいね、虫歯は日頃の手入れで予防できますから」

「わかってるから虫歯がないんですけど」

ピキッと部屋の空気が罅割れる音が聞こえた気がした。

「――そうだね、ごめんごめん」

笑みを繕い、歯石取りを麻由に頼んで、新堂はカルテを記し出した。

いつもは患者をリラックスさせるために当たり障りのない話題を振る麻由も、さすがに腹を立てているのか、必要な言葉以外口にしなかった。受付にいる晴も何も話さず、小さめの音量で流しているヒーリングミュージックがいつもよりやけに大きく感じられた。

二十分ほどでクリーニングも完了し、椿の診療は今日一度で終わりになった。正直虫歯がなくて助かった。何度もこの雰囲気を味わうのはちょっと嫌だ。

「お疲れさまでした。お気をつけてお帰りください」

帰り際、棒読み状態で冷ややかに麻由がした挨拶に、ありがとうございましたとそれ以上に心の籠《こも》っていない返事をした椿は、もの言いたげな視線を晴に投げかけていた。晴はそれに応じたいのか応じたくないのか、少しの間迷う素振りをしていたものの、あの、と結局申し訳なさそうに新堂に切り出してきた。

「ちょっと出て来ていいですか？　すぐ戻ります」

「いいよ。ゆっくりしておいで」

すみません、と恐縮した面持ちで新堂と麻由に頭を下げた。相変わらず愛想のかけらもない椿の背を押すように外に出る。

「なにあの子、感じワルー！　信じられない！」

やはり相当不愉快だったらしく、ドアが閉まるや否や麻由が鼻の頭に皺を寄せて不満を爆発させた。

「しかも先生のこと、ずっと睨《にら》んでませんでした？　いくら美人だって、性格すっごいキツそう。晴くんの彼女なんですかね」

そうでなければいいと思っているのがありありとした表情だ。どうなんだろうな、と新堂は曖昧《あいまい》に返事をした。さすがに真実を伝えるわけにもいかない。

それにしても本当に、どうしてあんな敵意丸出しの目を向けられなければならなかったのかわからない。新堂が晴の好きな相手だというならまだしも、晴が好きなのは藤野なのだ。

(――あ、そうか)

ふっと可能性を思い付いた。あれだけ晴に強い調子で迫っていたのだ、もしかしたらこの休み中、晴とずっと一緒にいて自分に気持ちを向けさせようとしていたのかもしれない。それが臨時のバイトが入ったせいで計画が崩れてしまったと、腹を立てているんじゃないだろうか。となれば当然、院長である自分に腹立たしさを感じてもおかしくはなかった。

そうか、多分そんなところだ――麻由には教えられないけれど、新堂はひとり心の中で納得した。とはいえその立腹をあれだけあからさまに出す人間も珍しい。

そうこうしているうちに晴が戻ってきた。すみませんでした、と深々と頭を下げる。

「ここでバイトしてるって話してなかったんですけど、昨日別の友達から聞いちゃったみたいで」

それでどんな様子か見に来たのだろう。それに少しでもそばにいたいに違いなかった。そんな気持ちを推し量れば、健気に感じなくもない。……もっともそれならばこちらを睨むよりも、晴を見ていたほうが楽しいんじゃないかという気もするが。好きなひとを見ているよりも、新堂への立腹が勝《まさ》ったということなのかもしれない。

「ねえ、晴くんの彼女？　それか晴くん、あの子のこと好きだったりするの？」

唐突に麻由が豪速球を投げかけ、まさか、と晴が即座に大きく首を振る。そのきっぱりした態度に嘘《うそ》はないと思ったのか、良かった、と麻由が胸を撫《な》で下ろす。

「きれいな子だけど無愛想よね。晴くんの友達、悪く言うのは気が引けるけど」

「すみません、根は悪い子じゃないんですけど」

申し訳さなげにフォローする。麻由はからかい混じりに目を細めた。

「でも向こうは晴くんに気があるんじゃない？　そうじゃなきゃわざわざバイト先の歯医者にまで来ないでしょ。虫歯があるならまだしも、どこも問題ないのに」

いやあの、と晴がしどろもどろになる。確かに麻由の推測は事実で、けれど上手く受けかわせる晴ではない。

「西尾さん、そういえばグローブ頼んでくれた？」

新堂が尋ねた。あ、と麻由が慌てる。

「すみません、今連絡します」

急いで電話へ向かう麻由に、よろしく、と新堂が声をかける。ふと視線を感じて振り返った。わざと話題を逸らしたことに気付いたのか、晴がぺこりと頭を下げてきた。どう致しましてと目顔で返す。

その後は休み前のせいか珍しく切れ間なく患者が続いて、余計なことを喋る暇はなかった。

それでもやはり忘れていなかったらしく、仕事が終わり、晴がスタッフルームに着替えに入ると、先に身支度を終えた麻由が新堂に話しかけてきた。

「それにしても今日のあの女の子、強烈でしたね」

晴に気を遣ってだろう、声をひそめて口にする。

「ホントに付き合ってないと思います？　カッとしててつい貶《けな》しちゃったけど、実は彼女だったらどうしようって思っちゃって」

「それはないと思うよ。大丈夫だって」

そうですか、と麻由はほっとしたのか息をついた。

「だけどあの子、晴くんのこと、相当好きなんだろうなぁ。ここでバイトしてるって知ったら、気になってたまらなくなっちゃったんでしょうね。押しが強そうな子だったし、晴くんはほわんとしてるから、そのうち押されまくって付き合っちゃうかも」

「どうだろうな」

苦笑いで返す。それはないとわかっているからこその返事だったものの、本気に受け取っていないと思ったのか、充分有り得ますよ、と麻由は小鼻をふくらませた。

「晴くん、すれてないし。特にあの年代って女の子のほうが恋愛に積極的じゃないですか。晴くん、押されたら負けちゃいそう」

「でも別に晴くんは好きなわけじゃないだろ――？」

「なに言ってんですか。先生だって経験あるでしょう？　別に好きじゃなくても雰囲気とか流されてとかで付き合っちゃったこと」

ないとは言わせないと迫ってくる麻由に、それはそうだけど、と濁した。

麻由の主張もわかる。けれど晴には好きな相手がいるのだ。どれだけ迫られても気持ちが揺らぐとは思えない——そう考えていたら、ちょっと待てよと心の片隅から声がしてきた。

確かに晴の思い人は同性だ。女の子は苦手だとも言っていた。とは言え積極的に同性が好きなのかと言えば、それはちょっと悩むところのような気がする。たまたま初めて好きになったのが同じ性を持つ人物で、ゲイではないという可能性だって大きい。

それならばもしかしたら、椿が晴にとって嫌悪感が湧かない女の子なら、そこから恋に発展していく可能性はなくはない。晴に同性の思い人がいると知っていてもあれだけ積極的な椿だ、ちょっとした晴の心の揺らぎなんて絶対に見逃さないはずだ。やっぱり望みがないと晴の心がぐらついた隙を狙って、すっと晴の内側に入り込んでしまうかもしれない。

そう思った瞬間、なぜか胸にもやもやした黒い雲が広がった。それと同時に、なんでだよ、と自分を詰る。

もし晴が椿を好きになれるのなら、多分それが誰にとっても一番いいはずだ。望みのないひとに恋をしているのは悪いことではないものの、晴の青春時代がそれで終わってしまうとすればせつない。好きだと言ってくれるほかの相手に目を向けられれば、そのほうが最終的には幸せに違いない。

そうやってきちんと頭の中ではわかっているのに、どうして嫌な気分になってしまったんだろう――？　椿に好感は抱けなくても、別に嫌いなわけではない。なのに椿とは付き合ってほしくないような、いや、煎《せん》じ詰めれば誰とも付き合ってほしくないような――。

（……おい）

晴に実りのない片思いを続けていてほしいのか？　プラトニックな恋に幻想を抱いているわけでもないくせに。それとも自分がひとりなのに、晴が幸せになってしまうのが許せないのか。そこまで心の狭い人間ではないつもりだ。となれば嫉妬――？

（まさか）

浮かんだ考えを即座に打ち払う。

本当に今日はどうしてしまったんだろう。自分でも訳がわからない。こんなときはさっさと帰って酒を飲んで寝てしまうに限る。

「すみません、お待たせしました」

晴が着替えてスタッフルームから出てきた。あっさりしたTシャツとジーンズのシンプルな格好でもきらきらしているのが晴ならではだ。

「晴くんと帰るの初めてだ。嬉しい」

一緒に歩くほんの一、二分を、麻由は素直に喜んだ。

いつも晴は新堂と帰っている。もともとスタッフが帰ったあとで新堂がカルテ整理などを済ませて帰宅するという流れになっているため、同じ車で帰る晴にはその間、本来ならしなくていい残り仕事や掃除などをして待ってもらっていた。

本当は早く家に帰りたいだろうから先に送り届けてやればいいのだけれど、最初にそう提案したら、晴は新堂が終わるまで待たせてほしいと言った。おそらく先に帰るのは気が引けるだとか、送ってもらうのは申し訳ないだとか、遣わなくていい気を遣ってそう決めたに違いなかったが、結局新堂もそれに甘えてしまった。

バイトを始めてからずっと晴はどこにも寄らずに帰宅していたので、帰りが別になるのは今日が初めてだ。勉強会があるときは、新堂は晴を家に送ったあとで行っていた。

友達と飲むという真偽のほどはともかく、晴は家には帰らないでどこかに向かうつもりなのだろう。――落ち込んでいるなら自分を頼ってくれればいいのに。そうしない晴に、新堂はちょっとした寂しさとも不満ともつかない思いを感じた。

じゃあ帰ろうかと麻由が晴を促し、意味ありげなまなざしを向けた。

「晴くん、ひょっとして今日の約束って村尾さんと？」

「えっ」

晴の声がびくっと揺れる。そうだと認めているふうな狼狽《ろうばい》ぶり。うわ、と麻由が目を丸くした。

「なぁに、デート？　やだ、ちょっと悔しい」

「ち、違いますよ」

首筋まで真っ赤に染め、わたわたと晴が否定する。

「確かに椿ちゃんも一緒だけど、椿ちゃんだけじゃないです。ほかにも友達何人かで」

「――支度はしたの？」

カルテに目を向けたまま、新堂は静かに言葉を吐き出した。

「え？」

不意の問いかけに、晴が戸惑いめいた声をもらした。

「帰省の」

すっと視線を投げて短く吐き出す。いえ、とどことなく気まずげな表情で晴は答えた。

「大丈夫よ、実家だもん。手ぶらで帰ってもいいくらいだって」

麻由がからから笑い、曖昧な微笑みで晴が応える。

ふたりが帰ったあと、新堂はげんなりするほどの自己嫌悪に襲われていた。どうしてあんなことを口にしてしまったのか、あんな振舞をしてしまったのか。どうしようもなく情けなくなる。

……あれじゃただの八つ当たりだ。いい年をした大人がすることじゃない。

友達と飲むのは何も責められることではない。今日は支度をすると言っていたのに飲みに行くのかと非難すれば、まるきり言いがかりになる。自分にそんな権利はない。保護者ではない自分に晴がいちいちお伺いを立てる必要などないし、そもそも十九にもなる人間が自分の意思で好きに動くのは当然のことだ。今日支度をしないなら、友達との約束を断って自分に付き合えと命じられるくらい優先順位の高い関係でもないし、そんな傲岸な真似をするつもりもない。

頭ではそうやってわかっているのに、友達と——椿と出かけることが、どうしてこんなに気に入らないのだろう？　藤野がいない寂しさを自分ではなくほかの人間で埋めようとしていることに、なぜ腹を立てているのだろう。藤野に、椿に、友人に——まるで嫉妬しているみたいな。

（……だから）

軽く息を吐き出し、頭に浮かんだその言葉をかき消す。——絶対に違う。晴のことは確かに気に入っているし、好きだけれど、恋愛感情とは別物だ。そんなものであるはずがない。なかば自分に呆れながら、条件反射で打ち消した。

晴と麻由が帰ったあと、カルテの打ち出しをして八時過ぎに医院を出た。車に乗るまで、頭を冷やせというように夜風がさらさらと頬を撫でていく。

まっすぐ家に帰るつもりでいたのになんとなくそんな気分にもならず、医院近くにある全国チェーンの中華料理店で夕飯を食べて帰ることにした。激辛の担々麵でも食べて、このもやもやを吹き飛ばしてしまいたかった。

広い駐車場に車を止め、ドアをロックしているときだった。あれ、と男の太い声がした。反射的に顔を向けた新堂の視界にタヌキ顔の中年男が映る。新堂の積極的に会いたくない人間リストナンバーワン、イヌイデンタルクリニックの院長、乾健史《たけし》だった。

「新堂先生、久しぶり。これから食事ですか」

やたらに馴々《なれなれ》しい表情で話しかけてくる。げんなりした内心をそのまま出すほど子供でもなく、こんばんは、と新堂はささやかな作り笑顔で挨拶をした。

「乾先生は済まされたんですか？」

もし食事に誘われたらテイクアウトの惣菜を買いに来たと返事をしようと即座に決めて問いかける。一緒に食べたりしたものなら、こちらの様子を探られたり、自慢を聞かされたりで、何を食べても消化しそうにない。しかし不幸中の幸い、乾は気障《きざ》ったらしく眉を寄せて頭を振った。

「僕はこういう若い人向けの味は口に合わなくて。スタッフがまだ残っているから、デリバリーの注文をね。先生のところは六時半までだっけ？　いいなぁ、うちもそれくらいに閉めたいんだけど、夜も患者がどんどん来るものだから仕方がなくて」

高笑いとともに、どこから突っ込めばいいのかわからない台詞を吐く。

「一足先に僕は帰らせてもらうんだ。明日から一週間、ハワイでバカンスなものだからね。何もゴルフなんて、日本でしてもハワイでしても変わらないと思うんだけど、友人に強引に誘われてしまって」

何がハワイだゴルフだバカンスだ——その割にスタッフにはこんなチープな中華かよ。内心で毒づき、そうですか、と新堂は受け流した。

「先生は休み、どこか行かれるの？」

「いえ、特には」

さらりと呟く。乾は白々しい謝罪の表情を浮かべた。

「失敬、うちは複数体制だから休めるけど、ドクターがひとりじゃなかなか休みは取れないか。それに休みたくもないよね、休めばその分売上は落ちるから。今はどこも経営は厳しいんだろ？　本当なのかな、僕にはピンとこないんだけどなぁ。鈍感すぎるのかな」

乾が自慢と侮蔑が混ざり合ったまなざしを向けてくる。いちいち失礼な男の相手をする気にもならず、失礼しますと店の中に入ろうとしたら、ところで、と話を続けられた。

「聞いたよ、最近ずいぶん格好いい助手さんが入ったんだって？　男の子なんて珍しいね」

いつもながらの地獄耳ぶりには、本気で尊敬してしまう。どうしてライバルにもならない医院の動向まで、しっかりチェックをしているのか——それを怠らないために、医院を繁盛させられているのだろうが。冷え冷えとした感慨を抱き、臨時の学生バイトです、と新堂は最低限の情報を伝えた。ああそう、とどんぐり眼《まなこ》を細め、乾が頷く。

「歯科医院は過当競争だから、どこかで特色を出さないとねぇ。確かに先生のところの場合、ドクターもハンサム、助手もハンサムっていうのが一番いいアピールになるかもしれないね。どう、ずっとその彼にいてもらったら」

ハハハと笑い、それじゃあ、と乾はぴかぴかのベンツに乗り込んだ。なめらかに走り出して行くシルバーの車に向かい、余計なお世話だと心で中指を突き上げた。

「——あのタヌキ親父《おやじ》」

本当に頭にくる。食事は中止、担々麺より酒だ。幸い明日は何も予定がない。冷蔵庫にあるビールをすべて飲みつくしてやる。

それにしても晴の言動にイライラしたり、乾の皮肉にムカムカしたり——ひょっとして自分の受け取りかたが悪いのか？　そうじゃなければかなりの厄日だ。

さっさと明日になればいい。車に乗り、一直線に家に向かった。

すぐにビールと思ったものの、飲む前に汗を流してしまえと浴室に入る。苛立ちまぎれに手荒く体を洗っていると、ふと下腹部に目が向いた。何の刺激も受けないそこは、だらりと下を向いている。

（——あ）

その瞬間、新堂の頭に聞こえてきたのは悪魔のささやきだった。

……もし晴に対して特別な感情を抱いているのなら、たとえば晴のことを考えて自分を慰めたとしたときに何らかの変化を示すのではないか。

たとえ恋愛感情を抱いてなくても、自分にとってセックスアピールがある体なら刺激されるはずだ。まして自分の脳内だけの性的誘惑に抗《あらが》えるほど、男の体は貞節じゃない。

その行為に後ろめたさを感じなくはなかったが、罪悪感よりもこの気持ちにはっきりした答えを出したいという願いのほうが強かった。ごくりと唾《つば》を飲み込む。

（……晴くん、ごめん）

心の中で謝りつつ、晴の顔を思い浮かべ、新堂はそこに手を伸ばした。

「晴《はる》くん、お疲れさま。晴くんが来てくれてホントに良かった。絶対また遊びに来てね」

片付けを終えた診察室で名残《なごり》惜しげに麻由《まゆ》に両手を握られ、ありがとうございます、と晴がいつもの気恥ずかしげでありながらきらきらした笑みを浮かべて答えた。

八月もあと十日足らずになった。盆休みが明けて最初の週末を迎える金曜の今日が、晴の新堂《しんどう》歯科でのバイト最終日だ。後任も無事決まり、来週の月曜から来てもらうことになっている。

今夜送別会をするつもりでいたのに、智香《ともか》の送別会もまだなのに自分の会などしてもらえないと、数日前に都合を訊《き》いたときに固辞された。結局晴の遠慮がちな性格を慮《おもんぱか》り、智香の調子が落ち着いたころにふたり合わせて送別会をするということで話がまとまった。

「本当に助かった。四週間、ありがとう」

心からの感謝を込めて新堂が頭を下げた。いえ、と晴はやわやわ首を振る。

「何もお役に立てなくてすみません」

「なに言ってんの。メチャクチャお役に立ってくれたよ」

ふざけて返す新堂の脇で、そうよ、と麻由が力強く同意する。

「晴くんと一緒に仕事するの、すごくやりやすかったもん。それに患者さんだって増えたしねぇ、先生」

「それはたまたまです。タイミングの問題で」

最後の最後まで謙遜する晴の言葉は流し、麻由がしみじみと口にした。

「ただ見た目がいいってだけじゃないのよ。晴くん見てると、なんていうかパワーが湧いてくる感じがする。インチキ商法の宣伝文句みたいだけど」

「ああ、わかるな」

新堂が無意識に頷《うなず》く。先生までなに言ってるんですか、と晴が頬《ほお》を染めて抗議してきた。

体の中に宝石がちりばめられているかのように、晴はいつでもまばゆい。生まれもっての美しさゆえだけに輝いているのではなく、あらゆることにひたむきで真摯《しんし》であるから光を放つのだろう。そのきらめきは、確かにこちらに力を与えてくれる気がする。

そう素直に思えるのは、自分の心をちゃんと立て直すことが出来たからだ。恋じゃない、ただ純粋に可愛いと思っている相手だと。

盆休みに入る前日、浴室でとても人には知られてはならないことをした。頭の中に晴を浮かべて手を動かして——けれどそこは変化を示しはしなかった。

もちろん男の生理で少しは勃《た》ち上がる。なのにその後どんなに努力してみても、それ以上のものに変わる気配はなかった。

疚《やま》しさと心苦しさを感じる行為ながら、その結果にほっとした。そういう意味で晴を好きなわけじゃないと、最もわかりやすい形で実証されて。試しにそのあと久々にAVを見てみたら、ごく普通に反応した。

そんなことがあったせいで、数日間の休みのあとで晴にいつもどおりに接することが出来たし、心に余裕も生まれた。

地元で休みを過ごしてきた晴は、少し日に焼けて帰ってきた。ほんのわずかな肌の色の違いでも印象は変わるものなのか、数日見ないだけなのにどこか大人びたようにみえた。そして相変わらずきらきら輝いてはいても、時折どことなく寂しげな表情を見せるようになった気がした。

麻由もそのちいさな変化に気付いた様子だったが、慣れない仕事で疲れがピークに達したと受け取ったらしく、何くれとなくさりげなく晴のフォローしてくれていた。

実際麻由の考え通り疲れているだけなのかもしれないけれど、なぜだか新堂にはそれだけとは思えなかった。かと言って何が原因かはわからない。休み前にその影を感じたときは、藤野《ふじの》と離れて何日かを過ごさなければならないせいだろうと考えたものの、藤野たちも地元から戻り、また元の生活に戻っている。だから寂しさは払われていいはずで、なのにそうならない理由が新堂にはわからなかったし、自分がどうしてやればいいかもわからなかった。

だから今夜、飲みに誘うつもりでいた。送別会という形では遠慮があっても、ふたりで個人的に行くなら問題はないだろう。晴は早く家に帰りたいかもしれないが、気分転換をするのも大事だ。

そう思っていたのに、車が動き出す前に晴が口を切った。

「――このあと、もし良かったらご飯食べに行きませんか」

「え」

予想外の展開に思わず上擦《うわず》った声が上がった。まさか晴から誘われるとは思ってもみなかった。その反応を拒否のしるしだと受け取ったのか、晴は気まずげな苦笑いを浮かべた。

「すみません、いいんです。この前地元で親戚の牧場を手伝ってバイト代を貰《もら》ったから、お世話になったお礼に先生に少しご馳走《ちそう》できればって」

「晴くんが俺に？　冗談、お世話になったのはこっち。大体十五も下の子に奢《おご》ってなんかもらえないって」

きっぱり返し、言葉を足す。

「びっくりしたのは俺も誘おうと思ってたから。先に言われて驚いた」

「……本当ですか？」

戸惑う瞳にそろそろ問われ、嘘《うそ》なんか言わないよ、と頷いた。

「うちで飲むか。外もいいけど、そのほうが楽だろ。帰るのも隣だし。何なら泊まっていけばいい」

のんびりと提案した。いえそんな、と慌てた声が助手席から響いてきた。

「飲み物はビールでいい？　ワインもあるけど」

「おれのことなら全然気にしないでください」

申し訳なさげに答える晴に目を向ける。

「あのな、遠慮されすぎるのも寂しいもんだぞ？　若いんだから気ィ遣うな」

ぽんと肩を叩《たた》いた。わずかな間をおいて、はい、とちいさな呟《つぶや》きが聞こえてくる。

「それじゃまず叔母さんに電話」

軽やかに命じると、晴はすんなりそれに従った。

姿形はもうほとんど大人の男として完成しきっているのに、こんな従順さは子供のようだ。それが晴のアンバランスな魅力なのかもしれない。

家に着き、一度帰ってくると言って晴は藤野の家に戻り、数分後、料理を持ってやって来た。

「叔母からです。良かったら食べてくださいって。ご迷惑かけてすみませんって恐縮してました」

夕食の中から持たせてくれたのだろう、鶏の唐揚げとポテトサラダを渡された。唐揚げはまだ温かい。

「お、嬉しい、俺どっちも好き」

いそいそ受け取った新堂は、ホッケを炙《あぶ》りつつ野菜スティックを用意していたところだった。ひとまずこれらを食べて、足りなくなったらソーセージやチーズを適当に追加することにする。

「さて、いただきますか。一ケ月、本当にありがとう」

居間のローテーブルに向かい合って座り、カツンとグラスとグラスを打ち合わせた。きりりと冷えたビールが喉《のど》を潤し、一日の疲れを癒してくれる。晴もぐっとグラスを呷《あお》った。歓迎会のときも飲まなかったし、アルコールは苦手なのかと思っていたけれど、案外そうでもないらしい。そこそこに飲む新堂とほぼ同じピッチでグラスを空《から》にする。

「晴くん、実はイケる口？　って未成年に訊くのもなんだけど」

からかい混じりに新堂が尋《たず》ねた。晴は顎《あご》に指を添え、真剣に眉《まゆ》を寄せた。

「まだそんなに飲んだことがないからわからないけど――、だけど今日はいつもより美味《おい》しい感じがします」

真面目《まじめ》な呟きに新堂は笑いをこぼした。

「そうだよな、仕事のあとのビールは美味《うま》いよな。お疲れさん」

疲れてはいないんですけど、と困ったふうに晴が手の甲で口元を拭《ぬぐ》う。

アルコールのせいか、晴の表情はどことなく緊張感がほどけてみえた。寂しげな色も今はいくらか払われていて、新堂も嬉しくなる。

ビールが美味く、しかも心が軽ければ箸も進む。七海《ななみ》が用意してくれた料理はどちらも美味しかった。

「叔母さん、料理上手だな。毎日こんなに美味いものが食べられるなんて羨《うらや》ましい」

ほのかに生姜《しょうが》の味がする唐揚げに舌鼓を打つ。伝えておきます、と晴は白い歯をのぞかせてキュウリを齧《かじ》った。

「――それから。ごめんな、夏休みなのにバイト漬けにさせて」

「いえ、楽しかったです。その上お給料までいただいて……、なんか申し訳ないです。しかもすごく多いし」

「多くないよ。晴くんの労働の対価なだけ」

断言した新堂を、納得しきれない恐縮した表情でみつめてくる。確かに標準より額は多いが、本当に晴には助けてもらったし、犠牲も払ってもらった。新堂なりのせめてもの気持ちだ。

結局晴に休みの大半を新堂歯科で過ごさせてしまった。札幌に来て初めての夏に、したいことはいろいろあったに違いない。特に目的もなく仲間たちとふらふら街中を歩いたり、オールナイトで映画を観たりして過ごした自分の大学生活最初の夏休みを思い返せば、申し訳なかったとしか言うしかなかった。

しかも晴には好きな相手がいるのだ——同じ家に。普段はなかなかそうもいかないだろうし、せめて休みのときには藤野が帰宅するころに家で待ち構えて、五分でも十分でも一緒にいる時間を増やしたかったに違いない。藤野は大抵七時には帰宅しているらしいから、自分に付き合って医院に残っていた晴のほうが毎日帰りが遅かったはずだ。

「……藤野さんといる時間、あんまり取れなかっただろ。ごめんな」

今までそのことに言及したことはなかった。診療が延びてしまった日も、早く帰りたいだろうと気にはなりつつ敢えて口にせずにいた。なんとなくそこには触れてはいけない気がしていたから。それでも今日は最終日、きちんと詫《わ》びておきたかった。

謝った新堂に晴は何も言わず、どことなく困ったふうなまなざしを浮かべてこちらを見ていた。

「せめて来週はいくらかでも藤野さんといる時間を持ってもらえれば、俺もちょっとほっとするんだけど」

言い添えると、どことなく曖昧《あいまい》な頷きを返された。

晴の表情が少し強張《こわば》ってみえた。やっぱりこの話題は避けておいたほうが良かったかと反省しつつ、ほかの事柄にすり替えようと言葉の接《つ》ぎ穂を探す。あの、と晴の呟きが聞こえてきた。

「……先生に話したいことがあって」

切り出された声は硬かった。流れ的に藤野とのことで何か相談があるのだろうかと心積もりをして、どうした、と先を促す。少し間を置き、それから晴はゆっくりと口を開いた。

「叔父の両親が札幌に来ることになったんです」

「ああ、ニセコの？　遊びに？」

張り詰めた空気と発された言葉のギャップに肩透かしを食らった気分になりながら尋ねると、晴は軽く首を振った。

「向こうを引き払って、一緒に暮らすことになったんです。叔父の――隣の家で」

「え――、同居するってこと？」

予想外のことに目をしばたたく。はい、と晴はちいさく返事をした。

「結婚する前から同居の話は出てたみたいなんですけど、お父さんたちが遠慮して先送りにしてたそうなんです。だけどお父さんが腰を悪くして札幌の病院にかかることになって、それならこれを機会に一緒に住もうって……、先週はっきり決めてきたみたいです」

「あ、お盆のときに——?」

こちらをみつめ、晴はゆるく頷いた。

「一緒に暮らせばお父さんたちも安心だろうし、叔父と叔母も子育てを手伝ってもらえたりして助かるだろうし。叔父のお母さんとも、叔母は気が合うので。おれも何回か会ってるんですけど、すごくいい人たちなんです」

「そうなんだ……、それはいいことなんだろうな」

淡々と語られる内容におだやかに相槌を打つ。確かに世代間のいざこざがなく円満に暮らせるならば、同居のメリットはたくさんあるに違いない。子供たちにとっても祖父母との生活は楽しいはずだ。

ただ晴にとっては、いくらいい人たちでもやはり他人、性格的にも気を張るだろうし、慣れるまでは大変かもしれない。

「にぎやかになるな。楽しくていいじゃん」

マイナス面には敢えて触れず、軽やかな調子で話しかける。そうですね、と答える晴の表情はぎこちなかった。

「……おれはいなくなるんですけど」

「え？」

いきなり聞かされた新堂の目が丸くなる。

「いなくなるって、どうして」

現実的で単純な理由を思いついたのは、声にしたのと同時だった。

「――部屋？」

問いかけに、晴はこくりと首肯した。

「そうか……」

力の抜けた息を吐き、新堂はぼんやりと天井を見上げた。

確か隣はこの家と同じく4ＬＤＫだ。今の家族構成ならば問題のない間取りだろうが、そこに藤野の両親が加わるとしたらやはり手狭になるだろう。家を引き払ってくるなら、荷物だけでも相当なはずだ。

「叔母も叔父も、部屋はどうにでもなるから気にしないでずっといろって言ってくれてるし、向こうのお父さんたちもおれのこと気にかけてくれてます。だけどうちの親とも相談して、そういう状況になるならおれが出るのが当然だって言われたし、おれもそう思います。もうひとりで住める年なんだから」

少し視線を落とし、訥々《とつとつ》と晴が説明する。

確かに一般的に考えればそれが正論だ。もちろん藤野の家の誰も晴を邪魔《じゃま》になど思わないだろうけれど、晴自身が自分を居候として意識して、居心地の悪い状態に追い込んでしまいそうだ。

「……それなら落ち込んでて当然だよな」

晴に訝《いぶか》しげに眉を寄せられて、無意識のうちに声にしていたことに気付き、苦笑いを浮かべた。

「いや、なんか最近元気なさそうだったから」

さらりと答えた新堂を、晴は大きな瞳でじっとみつめた。

あの家を出て、藤野と離れて暮らすことになる——それが晴にとってどれほどつらいことか。誰が悪いわけでもないものの、本当にかわいそうだと思った。

何も欲しがらず、ただそばにいられたらいいと望んでいるだけなのに。そのたったひとつの願いを絶たれてしまうなんて。

「大丈夫か？　きついよな、それは」

晴をみつめ、やわらかな口調で問いかけた。

「どうしてやることも出来ないけど、話を聞くぐらいは出来るから」

嘘ではないと伝わるように、心を込めて口にする。晴は身動《みじろ》ぎひとつせずにこちらをみつめたままだ。

「ほかの誰かを好きになれたらいいのに、そうはいかないし。そのひとじゃなきゃ駄目だから苦しいんだよな」

こんな青臭いことを言うなんて、自分自身に驚きもするし気恥ずかしくもなる。なのに晴の前では不思議と素直に言葉に出せた。ずいぶん前に味わったきり、自分には縁のないものになってしまっていた、青くて熱い感情。晴の話を聞いたり表情を見たりしているうち、すっかり凪《な》いでいる自分の中の情熱の波が、かすかに揺らめき出すのかもしれない。些細《ささい》なことで心をきりきり軋《きし》ませたり、相手の言動に胸を鳴らしたり、自分はなんて単純で複雑ないきものなんだろうとそのたび当時は自嘲したものだ。

「相当化石になってるけど、俺にだって人を好きになった経験くらいある。いくらかは気持ちはわかると思うから」

頼りにするなら自分よりもっと向いている相手がいるだろうとわかりつつも、軽い調子を繕って口にする。非常口は何ケ所あってもいいはずだ。

黙って新堂にまなざしを向けていた晴が、ふっと瞼《まぶた》を伏せた。何か考えていることがあるのか、表情が硬い。やがて何度か瞬《まばた》きをしたあとで、その唇がゆっくりと開いた。

「……ごめんなさい」

目を伏せ、晴が謝った。何がと新堂が問うより早く、その先を続けた。

「嘘ついてました」

「嘘――？」

突然の告白に困惑し、鸚鵡《おうむ》返しに訊く。わずかな間をおいて、晴が何か決意したふうな面《おも》差《ざ》しで顔を上げた。

「おれが好きなの、叔父さんじゃないんです」

真摯な響きが新堂の耳に入り込んでくる。どういうことだと新堂に思わせる間もなく、晴は言葉をぶつけてきた。

「――せ、先生です」

こちらをみつめる晴のまなざしは、痛々しいほどひたむきで、まっすぐだった。緊張しているのか、かすかに震える唇で繰り返す。

「新堂先生が好きなんです」

その告白を聞いた瞬間、新堂の心臓がバクッと跳ねた。

「……はっ？」

新堂の口からこぼれたのは、我ながら情けないほどに動揺した声だった。

頭の中は真っ白だ――その白い世界を作っているのはこんがらかった糸。どうにかほどこうとしても、緒が見えない。

「……藤野さんのこと、好きなんじゃないのか？」

うろたえながら、どうにかそれだけ問いかける。年甲斐《としがい》もなく狼狽《ろうばい》を隠すことすら出来ない自分をみっともなく思うものの、とても取り繕うだけの余裕はなかった。

そんな新堂を、晴は真剣な瞳でみつめていた。嘘じゃない、事実だとその目で証明するみたいに。

「——誤解なんです」

切実さが滲《にじ》む表情で晴が切り出した。

「あのときファミレスで、おれと椿《つばき》ちゃんの話、多分ちゃんと先生に聞こえてなかったんだと思います。ざわついてる場所だし、直接話したわけじゃないし」

確かに耳をそばだてていたのではないから、すべてが聞き取れたわけじゃない。だとすれば自分にとっては一番肝心な部分を聞き漏らし、勝手な推測で勘違いをしてしまっただけなのか——？　驚きは引き摺《ず》りつつも少しは落ち着いてきた頭が、簡単な判断を下す。

晴は自分を落ち着かせるためにか深く息を吐き、それからいつもと同じ、逸《そ》らすことなく新堂をみつめ、静かに打ち明けてきた。

「あの店に先生がいたって知って、体から力が抜けて。どうしよう、聞かれた、おれの気持ちを知られたってパニックになりました」

歓迎会のあと、あの店に自分もいたとついもらしてしまったときの晴の狼狽——好きな相手が同性、それも身内だと知られたせいだと思っていたものの、そうではなく、きっと当の本人に聞かれてしまった衝撃ゆえのものだったのだろう。自分が晴でも、おそらく同じ気持ちになったはずだ。

「だけど先生がその相手を勘違いしてるって……、おれが好きなのは叔父だって思ってるってわかって、そのまま誤解していてもらおうって思ったんです。本当のことを話す勇気がなかった」

どうしてと訊くほど新堂も野暮ではなかった。

気持ちは打ち明けない、ただそばにいたいと言っていた。ただでさえ伝えるつもりがない思いを、そんな形で相手に知られたくはないだろう。そして告げずにいようと決めた理由は訊かなくても想像がつく。いくら世の中の空気がいろいろな意味で自由になったとはいえ、同性間の恋愛はまだ誰にでも抵抗なく受け入れられるものではないから。

ただわからないのは、なぜ自分を好きになったか、だ。年も違う、さほど接点があるわけでもない。十代で学生の晴にとって、三十代で社会人の自分はまったく別世界の人間だろうに。それがなぜ好きになられたのか——まったく想像がつかない。

だけど光り輝いてみえるとも言っていた——てっきり藤野のことだと思っていたその形容が、本当は自分に向けられたものだったのかと思えば、どうしようもないくすぐったさと恥ずかしさで、きゅうっと背中が縮こまりそうになる。

「なんで俺？」

そろりと尋ねてみた。晴は覚悟を感じさせる口調で呟いた。

「……一目惚《ひとめぼ》れって、信じてもらえますか」

「俺に？」

声にしたのと同時に、それ以外誰がいるんだよこの場合、と自分に突っ込みを入れてしまう。けれどあまりにも信じられなかった。

確かに学生時代、他のクラスの女子に入学式で一目惚れしたと告白されたり、初めて診察を受けたときから好きだったと患者に打ち明けられたりした経験は何度かある。でもそれらは全員女性だったし、年齢的にもさほど自分と開きがなかった。同性で、これだけ年が違う相手は初めてだ。

（年——？）

ふっと新堂の頭をその単語がよぎり、直後に混乱させられた。

「……ちょっと待った。初めて会ったころって、晴くんまだ小学生だっただろ」

十歳そこその子供が二十代なかばの同性に恋をするなんて、新堂の想像の範疇《はんちゅう》を越えている。晴はちょっと困ったように視線を泳がせ、それから静かに口を開いた。

「自分でも不思議なんです。なんだろう、もちろんそのときに恋だってわかったわけじゃないんですけど、ただとにかく、初めて先生を見た瞬間に気持ちを全部持ってかれたっていうか——、すごく引きつけられたんです」

ぎこちなく語られる言葉が、新堂を驚かせ、こそばゆくもさせる。まさかあの当時の晴がそんなふうに自分を見ていたなんて――まるで思いも寄らなかったし、自分が鈍いとしたとしても、多分気付ける人間は滅多にいないんじゃないだろうかと思う。

「だけどそれが好きってことだってずっとわからなくて……、憧れてるんだって思ってました。気がついたのは高一の夏、先生に治療をしてもらったときです」

「あ――、あの怪我？」

呆然としたまま問いかけた。はい、と晴が新堂の目をみつめて頷く。

まだ新堂が大学病院にいたころのことだ。いつものように夏休みを藤野家で過ごしていた晴が、突然病院にやって来た。子供のころから虫歯はゼロ、表彰までされたことがあるという優良児がどうしたのかと思ったら、下唇の内側がざっくりと切れていた。出血はほぼ止まっていたものの、何度か替えていたらしいティッシュには暗い赤色の血がついていた。

事情を尋ねてみると、散歩に行った近所の公園で美月がジャングルジムに登り、天辺でおどけているうちに足を滑らせて落ちそうになり、慌てて受け止めた拍子に姪っ子の頭が晴の顔を直撃したらしかった。

(痛かったな、そりゃ――)

眉を寄せて呟いた。そんなことはないはずなのに、いえ、と晴は首を振った。

(美月に何かあったらそのほうがつらいから。おれの怪我で済んで良かったです)

心底からそう思っていることが伝わってくる表情に、新堂もその場にいたスタッフも胸を打たれた。

大好きな晴が自分のせいで怪我をしてしまって大泣きしているという美月のためにも、自分はさておき、大事な姪を庇えたことに安堵している晴のためにも、早く治るようにと願いつつ、二センチほどの裂傷部を新堂は丁寧に縫った。幸い一週間後の抜糸のころには腫れも痛みも引いていて、ほっとした覚えがある。七海たちにも感謝されて、新堂も自分が役立てたことが嬉しかった。

その記憶はあるけれど、あの治療がなぜ恋心の引き金になったのか、それはまったくわからない。命を救っただとか、重篤な病気を治しただとかならまだわかる。でも新堂がしたことと言えば、傷口を五針縫っただけなのだ。

「……てきぱき仕事をしてる姿が格好良くて——、心臓がばくばくしたんです。その瞬間にわかったんです、好きなんだって」

本気だと伝わってくる熱いまなざしが新堂を射抜く。

「地元にいて先生に会えないときも会いたくて、早く札幌に行きたいって思ったり、どうしてるかなって気になったり。女の子と一緒にいても全然ドキドキしないのに、先生のことを考えると胸が苦しくなったり……、そういうのは全部好きだからだったんだって、ようやくそのときにわかったんです。おれの全部が先生に惹《ひ》かれてて、先生に引っ張られてるって。簡単なことだったはずなのに、男の人だからわからなかった。……それにおれが、恋愛に慣

れてないから」

ほのかに頬《ほお》を染め、熱い瞳で切々と訴えてくる。

ほかの人間にされたら一体どこの乙女だと突っ込みたくなるそんな告白が、晴の口から出されるとなぜか違和感がなくて余計に困る。

「歯科技工士になろうって思ったのも、同じ歯科の道に進んで、先生との接点を持ちたかったからです。どんな小さなことでも先生と共通点を持っていたかった」

そんなことで進路を決めていいのかと思う一方で、好きという気持ちは何よりも強力な原動力だということも新堂だって知っていた。

それほど晴が本当に自分を好いてくれているのはわかった。それはわかっても、この状態をどう動かせばいいかわからない。

そのままどちらも何も喋らなかった。妙に重い空気がぺったりと皮膚に張り付き、唇まで塞《ふさ》いでいるようだ。何か話すべきだと思うけれど、何を言っていいのかわからなかった。

（……しっかりしろよ）

三十代もなかばになるのに情けない。自分に苛立《いらだ》たしさを覚える。恋愛の第一線を離れて数年――いくら変化球だとはいえ、こんなに鈍い対応しか出来ないなんて隠遁《いんとん》しすぎじゃないか。こうやって自分を責めるのも、おそらく晴の衝撃的な告白から逃避したいがためだ。

「気持ち悪いこと言ってすみません」

しばらくして、晴が沈黙を破った。神妙な面持ちと声音の両方から、心底からそう思っているらしいことがひしひしと伝わってくる。

「気持ちが悪いわけじゃない。ただ驚いただけ」

慰めや取り繕いではなく、本心だった。思いのベクトルがこちらに向かっているとわかっても、晴の好きな相手が同性だと知ったときと同様、なぜかまったく嫌悪感は湧かなかった。なのにそんな気持ちをどう伝えたらいいかわからなくて、愛想のない応えかたになる。

「ありがとうございます」

きちんとこちらの気持ちが届いたのかどうか——おそらく信じてはいないだろう。それでも健気《けなげ》な笑みを晴は浮かべた。

「本当にずっと伝えるつもりはなかったんです。おれの気持ちなんか、知らないままでいてもらいたかった。だけど先生がおれの恋愛のこと、親身になって考えてくれてるのに——、騙《だま》してるのはずるい感じがして」

嚙《か》み締めるようにぽつぽつと晴が言う。その硬質で端整な顔を、新堂は真正面からみつめ返した。

家を出るのがつらいのは、藤野と一緒に住めなくなるからではなく、自分と離れてしまうからなのか。これほどせつなげな表情をさせているのも自分なのか——どうにも実感は湧かないけれど、事実に違いなさそうだ。

そして新堂歯科に来た椿の態度がひどかった理由もわかった。椿にとって、自分はライバルなのだ。

状況は摑《つか》めたものの、どうしたらいいのかまったくわからなかった。告白するときは普通、相手に何らかの反応を求めるはずだ。告白された側の答えは突き詰めれば二者択一、好きか嫌いか、もしくは付き合うか付き合わないかになる。それはわかっていても、簡単に行くはずがない。かといってどうして欲しいか訊くわけにもいかなかった。それに応えられるかどうかわからないのに。

混乱が思考の流れを詰まらせる。声も出せず、ただ視線を空《あ》き缶が並ぶテーブルに落とす。こんな状況を晴が望んでいるわけがない。年上の自分がそれなりの対応をしてやらなければ——そう思いはしても、情けないことに頭も体も動かなかった。

「——先生」

苦しげな熱を含んだ響き。どきっとして顔を上げる。じっとこちらをみつめる晴の瞳はいつも以上に力強く、まばゆかった。自分をみつめるその目から、視線を逸らせない。

「……そばにいられるだけで良かったんです」

限界まで追い込まれているような面持ちで晴が切り出す。ぎりぎりの地点にいるのは晴のはずなのに、なぜか自分まで断崖の果てにいる気分になった。

「たまに会えたり、話せたり、それだけで良かった。本当に嬉しくて、満足できてました

──できてるって自分に思わせてた」

切々と語られる言葉はやけに熱い。それが嘘じゃないと感じられるから尚更《なおさら》に。何も反応できない新堂の向かいで、晴はテーブルに置いていた拳《こぶし》を固く握り締め、眉間《みけん》にきつく皺《しわ》を寄せた。

「だけど一緒にいられるようになったら、今度はおれのことを好きになってほしいって思ってる……っ」

心の底からの訴えだと、表情、声、かすかな震え、すべてから伝わってくる。そしてそんな欲を持った自分を嫌悪している気配も。その痛いほどの真剣さが、新堂の心に深く付き刺さった。

これほどひたむきで誠実な相手に答えを返さないのは卑怯だとわかっているけれど、相変わらず何を話せばいいのかわからなかった。ほんの数分前まで、晴の思い人が自分であると知りもしなかったのだ。

ただ戸惑うばかりの新堂に、晴は力のある潤んだ目を向けてきた。

「こんなことを話したのは、さっきも言ったとおり、騙してるのはずるいって思ったのもあるけど、自棄《やけ》になってるっていうのもあるんです」

「自棄──？」

晴にはまったく似合わない単語を出され、訝しみつつ聞き返す。晴はじっとこちらをみつめたまま、ゆっくりと唇を動かした。

「もうそばにいられないなら当たって砕けてしまえ、みたいな――藤野の家を出ることになって、バイトも終わって。先生との接点がなくなるから」

「別になくなりは――」

「なりますよ」

返されたのは、自分を懸命に抑制しているのが伝わってくる、揺らぎと苛立ちを帯びた声。晴のそんな声は初めて聞いた。

「何ケ月も経たないうちに忘れられるに決まってます。今だっておれと先生の間に共通点なんて何もない。年も違うし、環境だって違う。それが顔を合わせることもなくなったら、思い出してももらえなくなる」

「それは……」

新堂の言葉がそこで弱々しく止まる。

確かに自分たちの立ち位置はまったく違う。晴が隣にいなくなれば――もちろんひとり暮らしをしても藤野の家に顔を出さないことはないだろうが、勉強がもっとハードになったり、やがて就職したりすれば、度々は来られなくなるはずだ。そうしたら必然的に自分たちが会う機会は減る。心のなかでふと思い出して懐かしく感じはしても、実際に会う機会はない相手は、新堂にも何人もいる。

けれど同時に、晴とはそんなふうになりたくないと思っている自分に気付いた。この先もずっと――今までと変わらず会いたいと、それが当たり前のことと受け止めていた自分に。

(……なんだ?)

もやもやしたものが胸に広がる。それを摑みかけたとき、それに、とまた晴が話し出して意識がそちらに向けられた。

「新堂歯科で診てもらうのだって、虫歯にならないかぎり、何ケ月かに一度の定期検診くらいでしょう? 叔母さんのところに行っても、そのとき先生が家にいるとは限らないし、いても毎回訪ねてなんか行けません。……それに先生が結婚でもしたら、おれに入り込む隙間《すきま》はまるでない」

「結婚する予定は今のところないよ」

その必要はないのについ言い訳がましく返した。でも、と晴は少し責めるようなまなざしを向けてきた。

「今はしなくたって、いつしてもおかしくないし。西尾《にしお》さんも言ってました、先生はすごくもてるって」

「そんなことない。二十代のころならともかく、もう三十四だぞ? そうそう相手にされないって」

さばさばと往《い》なす。晴は信じきっていない表情を浮かべていた。軽く唇を嚙み、視線を床に落とす。

「……うるさいこと言ってすみません」

すぐに自分で自分を持て余しているらしい響きが晴の口からこぼれた。

「わかってるんです、先生がどうしようとおれが何か言える立場じゃないって。それなのに——」

「気にするな。晴くんは何も悪くない」

そんな言葉は気休めにしかならないとわかりながら声をかけた。晴の頬にぎこちない笑みが浮かんだ。

「……ただ」

緊張しているのだろう、うっすらと汗で濡れた前髪を指先で払い、静かに晴が呟いた。

「先生におれの気持ちを知ってほしかったんです。……それでもし、絶対にそんなことなんかないってわかってるけど、先生がおれのこと、少しでも気に入ってくれてるなら、望みを持っててもいいかって——」

自分でも上手《うま》く感情をまとめられないのだろう、いつもよりも低いトーンで、語尾をつぶすように口にする。

晴が思い上がったところのない人間だということは、新堂もよく知っている。だからこの恋に対しても、多分本当に自信を持っていないのだろうと思うし、そんな晴の遠慮深さを気の毒に感じもする。

だからと言って、晴の気持ちを受け入れられるかといえば別だ。確かに好感を抱《いだ》いている相手ではあるものの、今この告白を聞くまで自分が晴の恋愛対象だとは思ってもみなかったし、十五も下の同性との恋愛を想像したこともなかったのだ。

(……しゃんとしろ)

頭は未《いま》だ動かない。現状を受け止めるだけで精一杯の自分を叱咤する。二十歳にもならない晴が一生懸命自分の思いを伝えたというのに、この体たらくは何なんだ。

けれどどう答えてやればいいのかわからない。自分の気持ちがまずわからないのだ。男の晴に告白されても、まったく嫌悪は感じていないことは間違いない。でも好きと伝えられて素直に喜べるかとなれば、難しい。

それが恋からしばらく遠ざかっていたからか、それとも恋愛相手としてはハードルの高い人間からの告白だからか——。

晴はじっとこちらを見ている。多分怖さとほんの少しの期待を抱いて。

頭の中の整理はつかないまま、新堂は迷いつつ問いかけた。

「……今すぐ答えなきゃ駄目か？」

「——無理ってことですよね？　可能性はないんですよね」

潤んだ目で悲しげに、晴が確かめるように尋ねてくる。どう答えていいか、新堂の頭には何も浮かばなかった。

可能性があるとかないとか、正直今はまったく答えられない――自分の気持ちが何も見えないのだから。けれど晴は、それをこちらの気遣いと受け取ったらしい。

「おれのことは気にしないで、はっきり教えてください。……もしかしたらって期待する」

つらさが滲む表情で訴えてくる晴を、新堂は胸をざわめかせてみつめ返した。

多分何も考えず、今この場で断ってしまえばいいのだろうし、そうすべきだとも思う。晴はゲイだと確定しているわけではない。本当に好きな女の子にまだ出会えていないだけかもしれないし、新堂以外の同性は好きにならずに終わるかもしれない。ごく普通の、当たり前の恋が出来る可能性だって充分にあるのだ。

それをわかっていて、どうして晴を突き放すことが出来ないのだろう――？　いいひとでいたいわけではない。相手を傷つけることがあっても、それが必要なときにははっきりした態度を示すのが本当のやさしさだとも思う。――それなのに。

「……すみませんでした、おかしなこと言って」

やがて答えが出ないことが何よりの返事だと思ったのか、晴がちいさく頭を下げた。唇はかすかに震え、顔は色がない。涙が落ちてこないのが不思議な瞳だった。

「忘れてください。――なかったことにしてください」

それを聞いた瞬間、新堂の心が鋭い棘《とげ》で引っ掻《か》かれたような痛みを覚えた。

「心配しないでください、先生に迷惑をかけたりはしません。ストーカーになったりとか、そういうこと絶対ありませんから」

ふざけて微笑《ほほえ》もうとしたのだろうけれど、目は笑えていなかった。こちらも笑うことが出来ない。重い空気が流れ、晴は気まずげに瞼を伏せた。

「……叔母のところは、出来るだけ早く出ます。先生が嫌なら、明日にでも」

普通なら、出来もしないのに空々しいと白けそうなものでも、その謙虚さが嘘ではないことを知っている身としてはせつなくなるばかりだ。

「俺のために出て行くことはない。いろいろな事情が許すかぎり、藤野さんのところにいたらいい」

慰めや社交辞令ではなく、本心からそう言った。ありがとうございます、と晴はちいさく頭を下げた。

「本当にすみませんでした。……ごめんなさい」

同じ言葉を繰り返す声からも、泣き出しそうなくせに笑みを浮かべようとしているらしい表情からも、すべてから本当に申し訳なく思っている気配がひしひしと伝わってくる。誰かを好きになることは、何も謝るようなことではないのに。

そして多分、この恋を新堂に忘れてほしいと願っているのだろうと思えた。実を結ばなかった恋は、確かに相手の記憶に残っていてほしくないものかもしれない。

これから晴はどうするんだろう――自分に忘れさせて、そのあと気持ちをどうするんだろう。ずっと持ち続けていくのか、それとも次の恋を探すのか。その気にさえなれば相手に困ることはないはずだ。現に椿だっている。もし同性にしか興味を持てないとしても、同じ指向の人間が集まる場所に行ったら、晴と付き合いたいと思う人間はいくらだっているに違いない。

そんなことを思った途端、また心に嫌なざわめきが広がった。胸の底からごちゃごちゃにかき混ぜられでもするふうな。

(……なんだよこれ)

どうなっているんだ、何なんだ。苦々しく奥歯を嚙む。

訳がわからないその状態を無視しかけたときだった。

嘘だ――そのとき心の片隅から不意に声が聞こえてきた。聞こえないふりをしようとしてもその叫びは大きさを増す。

わからないなんて嘘だ。本当はとっくにわかっているくせに――。

叱責は切れることなく続く。気付かないふりをする自分を責めるみたいに。

(ああ、もう――)

きつく奥歯を嚙む。結局、ついに新堂も諦《あきら》めざるを得なくなった。

……そうだ、本当はわからないわけじゃない。ただわからないふりをしていたかっただけだ。晴を特別な存在として意識しつつある自分を認めたくなかった。

藤野と離れて寂しがっていると感じたとき、その寂しさを自分ではなく椿やほかの友人で埋めようとしていると思ったとき、椿と恋愛をするかもしれないと考えたとき——そのときどきに感じた苛立ちめいた感情は嫉妬《しっと》だったのだ。違う、有り得ないと打ち消しても、心の奥底では真実だとわかっていた気がする。だからこそむきになって否定したのかもしれない。

十五も年下で、しかも同性。そんな相手を好きだと素直に認められるほど人間が出来ていないし、懐《ふところ》も深くない。

今だってどうしたらいいか何もわからないでいる。好きだと自覚はどうにか出来ても、それを晴に伝えていいのかどうか答えが出せない。

多分良くはない——常識的に考えると、おそらく悩むまでもない。

ふたりの気持ちだけで成り立つ世界に暮らしているのなら、ある意味これは究極のハッピーエンドかもしれない。けれどそうはいかない現実の中で生きているのだ。

新堂自身は同性同士で付き合うことに偏見はないし、個人の自由だとも思う。とは言えそれが生きやすい道かと問われれば、イエスと答えられるほど楽観的ではない。

しかも晴は小さいころからその成長を見てきている子で、家族みんなに大事にされていることも知っている。おまけにまだ十代、理性のブレーキを利《き》かせるよりも、勢いと若さのアクセル全開で突っ走るような年頃だ。

あらゆる意味で前途ある若者を、少なくとも数字の上では分別ある年齢になっている自分が、リスクやマイナスを承知の上で険しい道へと誘うことは出来ない。いくら気持ちが向いていたとしても、それを抑えて晴に向き合うのが大人の役割のはずだ。

——ここで止めておこう。この思いはここで終わらせたほうがいいはずだ。自分のためにも、晴のためにも。

七海たちを悲しませるのは嫌だし、平和な家庭にいざこざを起こさせるのもつらい。ふたりが付き合ったとして、それが誰かに知られ、医院に風評が立つのも困る。いくらちっぽけなやる気のない医院でも、潰《つぶ》したいわけではない。

このまま自分が応えなければそれで終わる。幸か不幸か、自分たちの関係はまだ何も始まっていない。始まる前の今、終わらせるべきだ。思い出が増えてからのほうが別れるのがつらくなる。晴も傷つくだろうけれど、若いだけに心の回復力は高いはずだ。きっとまた新しい恋が出来る。

これが最良の結論だと自分自身を納得させたときだった。

「……あの」

晴のためらいがちな声が耳に入り込んできて、新堂ははっと顔を上げた。

「怒ってますか——？」

新堂が口を閉ざしていたのを、怒りのためだと捉《とら》えたらしい。おずおずと問いかけてくる。

「いや――」

きらきらしたまなざしに思わず引き込まれかけた。慌てて止め、続けて何かフォローの言葉をかけようとしたとき、ちょっと待てよと冷静な停止命令がかけられた。

……このまま悪役になったほうがいいんじゃないのか？　今考えていたばかりじゃないか。この思いはここで終わらせる、と。気持ちは受け入れられない、同性と付き合うつもりはないと拒んでみせるのが晴のためになる。

そうしたほうがいい。――決めた心の中に、ほんのわずかな揺れもなかったと言えば嘘になる。そして晴が立ち上がったのは、ちょうど心がぐらついた瞬間だった。

「……すみませんでした」

長身が体をふたつに折り曲げる。

「おかしなこと言って。嫌な思いをさせて、すみません」

詫びる晴は、いつもと同じ誠実で懸命な空気に満ちていた。

「おれのことは気にしないでください」

新堂を心配させまいとしてか、それとも本心からなのか、晴にしては珍しく、力強く言い切った。心が読めずじっと見上げる新堂に向かい、晴はぎこちないながらも笑みを浮かべて宣言してきた。

「……大丈夫です。ちゃんと先生のこと、振り切りますから」

(振り切る――?)

その言葉が新堂に鈍い衝撃を与えた。

つまり自分への思いを切り捨てて、新しい恋を探すということか――たとえば椿だったり、学校の友達だったりと付き合うということか。

それでいい――そうするべきだ。冷静な命令が上滑りに響く。心はすうっと冷えていくけれど。

「いつか恋人が出来たら紹介します。もう平気だって、先生に安心してもらえるように」

無理矢理めいた笑顔を浮かべ、もう一度ぺこりと頭を下げた。晴がゆっくりと歩き出す。振り返らず、まっすぐに。

こうやって晴は先へ先へと進んで行くのだろう。ちょっとは心を痛めても、捨てた恋をすぐ忘れられるだろう。何年かしたら、そんなこともあったと気恥ずかしさと苦笑いで十代の一途な恋を思い返すに違いない。この激しい熱をおだやかな思い出に変えて、新堂を過去の思いの墓場に埋めて――。

「……待てよ」

呼びかけに、広い背中がゆっくりと動きを止める。揺らいだ表情で振り返った晴に向かい、新堂は短く尋ねた。

「本当にそれでいいのか?」

余計な真似はせずにこのまま帰せ。頭の隅から忠告が聞こえてくる。だけど心は理性を受け付けなかった。

どちらのためにも、なかったことにするのがきっといいのだろうと思う。なのにもう振り向かないんだろうか、心が離れていくんだろうか――そんな焦りとも寂しさともつかない感情が声を出させた。

いい年をした人間が感情のコントロールも出来ないなんて情けない。正しい方向がどちらなのかちゃんとわかっているくせに。心がごちゃごちゃに乱れて、自分でもどうしようもなかった。

表情を強張らせ、黙ってこちらを見ていた晴が静かに口を開いた。

「……良くなかったらどうなるんですか」

怒りを押し殺しているらしい呟きがこぼれ落ちる。瞳からはいつものおだやかさが消え、代わりに苛立ちが浮かんでいるふうにみえた。それがぞくりと新堂の背を震わせる――怖さからの震えではなく、興奮めいたものが起こさせた甘い震えだった。

「次の恋なんかしたくないに決まってる……っ！」

拳を握り締め、吐き捨てるような低い叫びを上げた。

「だけどそう言わなきゃならないから――、先生に気持ち悪い、うざったいって思われたくないから」

ばちばちした怒りの光を体中から放ち、熱の籠《こも》った目で晴は続けざまに訴えてきた。新堂を責めるように——乞うように。

「好きになってくださいって頼んだら、好きになってくれるんですか。おれのものになってくれるんですか——っ?」

もどかしげに言葉を投げつけてくる晴を、新堂は瞬きもせずにみつめ返した。生の感情を初めてこんな形でぶつけられて、ただ圧倒させられる。

おとなしい晴にもこうやって思いを爆発させることがあるなんて、まるで思ってもみなかった。自分の主張がしっかりとあって、言うべきときに言える人間だということは、この前新堂に意見したときにわかっていたけれど。

それだけ自分への思いが深いということか。いつもの温和さをかなぐり捨てて、荒々しいほどの感情を剝《む》き出しにしてくるなんて——。

呆然として声も出せずにいる新堂に、晴は苦しげなまなざしを向けてきた。それから唇を嚙み締め、視線を床に落とす。

「……馬鹿な期待、させないでください」

額に手を当てて晴が呻《うめ》いた。その顔を見やり、新堂は静かに言い放った。

「——本気で欲しいなら頑張ってみろよ」

「え……?」

こちらに向けられた晴の面持ちは、氷像めいた硬さを帯びていた。

何を言ってるんだ、挑発してどうするんだ――はっと我に返ったのはその表情を見た瞬間で、自分に呆《あき》れ、狼狽もした。忘れさせたほうがいいのではないかと思っているくせに、こんなことを口走っている。頭も心も混乱しきっていた。

「――望みがあるって思っててもいいんですか」

わずかな間をおいて、いつになく強い調子で晴がじりじりと詰め寄ってきた。瞳には鋭い力が宿ってみえた。

「……いや、あの」

そう思われても無理のない態度を取ってしまった。視線を泳がせ、口元を指で押さえる。しばらく新堂を睨《にら》みつけるような目を向けていた晴が、ゆっくりと口を開いた。

「先生はずるい」

怒りを押し殺しているのが伝わってくる晴のまなざしから逃れるように、新堂は瞼を伏せた。

「嫌なら嫌だってはっきり言ってください。そんなやさしさなんかいらない」

晴の言葉が正しいことは新堂もよくわかっているし、そうすべきだとも思う。なのにそれが出来ない自分がもどかしく、逆にそれだけ晴を好きだということかと痛感させられた。

それきりどちらも何も言わず、重苦しい沈黙が続いた。

冷蔵庫のモーター、時計の針、通りを走る車。普段はさして気に留めないそれらの音が、やけに鼓膜を刺激する。

いつまでもこうしていられるわけでもないし、どうにかしてこの空気を破らなければと思いはしても、きっかけが作れない。

自分がこれほど駄目な人間だとは思わなかった。しばらく恋から遠ざかっているうち、恋愛能力が枯渇してしまったんだろうか。

(今までの恋愛はどうだった——?)

思い出せる限り、こんな戸惑いを覚えたことは一度もない。付き合うのも別れるのも簡単で、さほど迷いなどしなかった。それは相手が異性だったからか、それとも軽い気持ちで向き合ってばかりいたからか——。

「先生」

無駄な回転ばかりを繰り返す新堂の耳に、険しさを含んだ晴の呟きが聞こえてきた。顔を上げる。切れそうなほど真剣な空気を纏《まと》わせた晴が、まっすぐにこちらをみつめていた。

「……キスしていいですか」

「——えっ」

唐突な願いに息を呑んだ。

この年代の男の「好き」という告白が、プラトニックな要素ばかりを含んでいるとは思っていない――心と体、両方を欲しいと望むはずだ。新堂にだって充分経験がある。好きな相手と寝たいのは、何の不思議もない。

キスなんてプラトニックの範疇だと思いはしても、晴にフィジカルな欲望があることに、当たり前のこととは言えちょっとした衝撃を受けた。清潔すぎるほど清潔な容姿のせいか、それとも幼いころから知っているためにいつまでも子供にみえてしまうのか、晴に性的な欲求があると意識したことがなかった。それが突然、いろいろな欲を持つ生身の十九歳なのだと思い知らされた気がした。

(――もしかしたらこの前駄目だったのって)

ふっと心をよぎった。この前晴のことを考えて自分を慰めてみても反応しなかったのは、自分の中で晴がまだ性的なものとは無関係な、子供のイメージが強かったからじゃないのか？　そして知らず知らずに自分の心にストップをかけていたのかもしれない。いくら確めるためとはいえ晴をその対象にしてしまう罪悪感と、恋していることを認めてはいけないという無意識とで。今なら多分――。

「……先生」

低い声が、はっと意識を引き戻させる。晴の顔がすぐそこにあった。

「嫌なら逃げてください」

思い詰めたまなざし。胸がきつく絞られた。唇が乾く。喉もからからで、自分がやけに緊張していることを知る。

拒もうと思えば拒める。力だって本気を出せば、まだ完敗はしないはずだ。そもそも晴は自分が抗《あらが》えば、きっと無理なことは出来ない。

だから嫌だと言えばいい。突き放すべきだ――晴のためにも自分のためにも。

それをわかっていて、けれど言葉は違うものになった。

「――逃がしてみるか？」

上目遣いに挑発を含んだ響きを放つ。その途端晴の目に稲妻めいた光が走り、唇に唇が押し付けられていた。

巧みさなんてまったくない、ただ力任せのがむしゃらなキス。今までこんなくちづけは経験したことがなかった。基本的に男の自分がリードすることが多かったし、積極的な女の子はみんなキスが上手かった。

だけど幾度となくしたどのくちづけよりも、今晴と交わしているくちづけが一番新堂の心をがっしりと摑んだ。欲しい、好きだ――そんな貪欲な感情が唇からダイレクトに伝わってくる気がした。

興奮とともにか、晴が新堂の肩を摑む手の力を強くする。そのまま背中に回してしまえばいい――ぼんやりとそんなことを感じてしまった自分に、情けなさとも腹立たしさともつかない感情が湧く。止めるべきなのに止められない。自分はこんなに快楽に弱い人間だったか

――？

「――んッ」

思わずちいさな呻きが上がった。偶然だろう、晴の歯が新堂の唇を噛んでいた。

「……っ！」

一瞬の間を置いて、晴がばっと身を離す。我に返ったのか、目は大きく見開かれ、頰は真冬の外に出た子供さながら赤く染まっていた。呼吸も乱れている。その姿に新堂の心は淡くかき乱された。

「すみません――、すみません」

小刻みに震える唇――動揺がこちらにまで伝わってくる。掠《かす》れ声で謝り、晴は逃げるように居間を出て行った。廊下を走る音、靴が滑る音、玄関のドアが開閉する音。ぼんやりしながら新堂はそれらを耳に入れた。

誰かとキスをするのは、多分初めてだったのだろう。加減も遊びも何もない、そのくせ心には深く残るくちづけだった。

唇を舐《な》めた。かすかに鉄の味がした。親指で触れてみると血がついている。晴に噛まれた傷。

その瞬間、キスをしたのだと――させたのだと、鈍くぼんやりした頭の中にははっきりと事実が入り込んできた。

……どうしよう。何を考えているんだ、最悪じゃないか。自分がしでかした事実にくらくらする。

両腕で頭を抱え、新堂はげんなりとうなだれた。


診察室の窓から差し込む光の影が、少しずつ長さを増している。

九月に入って一週間、気温もいくらか下がって過ごしやすい日が続いていた。前の通りを散歩する犬の歩みも心なしか軽やかだ。

「先生、このあと松井《まつい》さん見えます」

患者が切れた三時すぎ、診察室の窓を開けたついでにぼんやり外を眺めていた新堂は、電話を切った麻由に声をかけられた。

「なんだろ、また入れ歯の調子悪くなったかな」

次の予約は十分後に入っている。晴のおかげで患者が増えて、以前なら三十分や一時間患者がいない時間はざらにあったものの、最近は空き時間はあっても十分程度になっていた。待っていてもらうか、状態によっては後で来てもらったほうがいいかと思いつつひとりごちると、違うみたいですよ、と麻由が返事をした。

「治療じゃないけど、ちょっとお願いしたいことがあるって」

「お願い？」

どんな内容かまったく思いつかず、首をひねる。そんな新堂を横目で見やり、麻由は意味ありげにニタッと笑った。

「よくあるアレじゃないですか、知り合いの娘さんに一度会うだけでも会ってみてほしいとかいう」

「えっ、お見合いですか？」

祥代《さちよ》がパッと顔を輝かせ、口を挟んでくる。頷く麻由の瞳は、好奇心で爛々《らんらん》だ。

「アリだよねぇ。仲人《なこうど》タイプの人にしてみたら、先生なんてもう超目玉物件だもん」

いきいきと語る麻由に、ですよねぇ、と祥代も目を爛々とさせて頷いた。

新堂歯科のふたり目の衛生士になったのは、二十三歳の笹塚《ささづか》祥代だ。勤めていた医院がこの夏不況のあおりを食らって閉院してしまい、次の職場を探していたときに新堂歯科の募集広告を見て応募してくれたそうだ。

明るく人懐こげな性格に好感を持ち、麻由も賛成してくれて採用を決めたのだけれど、その判断は正しかったらしい。笑顔を絶やさない祥代は、勤め始めて二週間程度にしかならないが、ごく自然に新堂歯科に溶け込んでいた。麻由とも仲良く仕事をしているし、患者の評判もなかなかだ。

見合いに違いないと決め込んで盛り上がるふたりの会話には加わらず、受付で書類のチェックをしていたら、あ、と麻由が何か思い出した調子で声を上げた。

「先生、晴くんに連絡取ってくれました？　送別会の」

「あ――、悪い、まだ」

手を止め、短く返す。そうですか、と麻由ががっかりした顔になる。

「梶《かじ》ちゃんからはお昼にメールがあって、いつでも大丈夫って」

二週間の入院のあと自宅で安静にして落ち着いた智香は、無理さえしなければ普段どおりに過ごしていいと医師に言われているらしい。

八月の終わり、本当にご迷惑をおかけしましたと智香が挨拶《あいさつ》に来てくれた。そのときすでに晴は辞めていて会えず、智香はとても残念がっていた。早く会いたいと熱望している智香と麻由、それに祥代も気持ちは同じで、なるべく早く送別会をと考えているようだ。

「私で良かったら晴くんに訊いてみますけど。辞めてからもう二週間経《た》つし、あんまり遅くなると間延びした感じになっちゃうので、出来たら早いほうが」

「ああ、わかった」

まだ続けたげな麻由にさくっと返事をし、まだ終わっていないチェックを済ませたふりをして、新堂はすっと院長室へ入った。

（二週間か――）

机の前、椅子に座ってカレンダーに目を向けた。三度前の金曜に付けられた丸印――『晴くん最終日』の文字。それを見てから瞼を伏せる。

あの日から晴と会っていない。どうしているかもちろん気にはなるものの、合わせる顔がないというのがまさに今の状況だった。それは晴も同じなのか、通学時間を早くしたり、すぐに新しいバイトを入れたりしたらしく、新堂は七海からそんな情報を仕入れていた。もちろん七海は何も知らないだろうから、何の意図もなく近頃の晴の様子を新堂に喋《しゃべ》っただけだろうが。

(晴くんに聞きましたけど、ご両親が同居されることになったって――)

詮索していると思われないよう、さりげなさを意識して尋ねてみた。そうなんですよ、と七海は嬉しさと寂しさが混ざり合った表情で認めた。

(おじいちゃんとおばあちゃんが来てくれるの、子供たちも楽しみにしてるんですけどね、……ただ晴がここを出て行くっていうのが、やっぱり寂しいみたいで)

答える七海も残念そうだった。晴の言い分も理解しているし、事実そのほうが助かる部分がある反面、心許《こころもと》無さや申し訳なさを覚えているのだろうと感じられた。

そんな環境の中、どうしているだろうと気にかかる。この目で直《じか》に姿を見るのと、他人から近況を聞くのとでは違う。

――会いたい。ガラス細工さながらに光り輝く表情を見て、他愛もない話をしたい。清らかな空気に触れて、心を洗いたい。

けれどそれは叶《かな》わない。もう会わないほうがいい——少なくともこの気持ちが変わるまでは。そして晴が誰かと付き合いでもして、新堂を振り切ったとはっきりわかるまでは。

晴を好きな気持ちに間違いはない。真摯でありながら、激しさと心の乱れもあらわになった告白を聞いて胸がきりきりと締め付けられ、高ぶりもしたし、ぎこちないキスがとてつもなく官能的に感じられた。

なのに気付かないふりをしてきた自分のその思いをとうとう認めた途端、それが実を結ぶことがないことも思い知らされるなんて、よほど恋愛運に見放されているとしか言いようがない気がした。

のろのろと目を開き、かつては白だったはずの灰色がかった天井を見る。

つらいのは晴も同じ——ひょっとしたら自分以上だろう。ずっと思ってくれていたのだ。バイトを引き受けてくれたのも、仕事のあとで新堂が終わるのを待っていたのも、思い上がりかもしれないが、好きだからに違いない。

そして地元にいたころ藤野の家に頻繁に遊びに来ていたのは、もちろん叔母家族を慕っているからに他ならないだろうが、自分に会うというのも理由のひとつと考えても自惚《うぬぼ》れにはならないのではと思えた。歓迎会のあと、家に誘ったら晴がためらったのも、好きな相手の家でふたりになることに戸惑ったからじゃないか。

（……ああ、そうか）

そんなことを考えているうち、今さらになってふと気がついた。

あのとき、新堂が焼けた肉を取ってやったとき。晴は強張った顔をした。単に神経質なのだろうと受け取ったあの反応は、もしかしたら純粋に緊張していただけなのかもしれない。確かに晴の純情さならば、好きな相手の箸で摘《つま》まれた食べ物を前にして、新堂なら絶対にしない動揺をしていても不思議はなかった——間接キスだ、と。

普通であれば十九にもなる男が乙女すぎると鳥肌が立ちそうなものだが、晴だと違和感を覚えなかった。それどころかその初《うぶ》な反応を可愛く感じてしまうのだから、自分も相当頭に花が咲いているに違いない。

それくらい好きでも、その思いを抑え込まなければならないなんて自分にとっても晴にとってもつらすぎる。

もっとも晴はあの日の新堂の最悪な態度に失望し、思いを断ち切ることが出来たかもしれないが。それならそれで晴の役に立って良かった——自嘲混じりの笑みがこぼれたときだった。

「先生、松井さん見えましたよー」

自分を呼ぶ麻由の声が聞こえてきた。気持ちを切り替え、はい、と返事をして立ち上がった。

院長室から出てみると、松井は待合室の椅子に座り、麻由から祥代の紹介をされているところだった。

「松井さん、こんにちは。だいぶ涼しくなりましたね」

「おう先生。悪いな、急に」

軽やかに笑って松井が手を上げる。その口元からはしっかりと義歯がのぞいていた。

「どうですか、使いにくくないですか」

隣に座り、問いかける。お陰さんで、と松井は背中をしゃっきり伸ばして頷いた。

「なに食っても美味くてなぁ。助かった」

「良かった。奥さんの料理、いくらでも食べられて幸せですね」

「いやいや、うちの手抜きババアが作るのなんざ、夏は素麺《そうめん》と冷や奴に決まってんだ」

松井がきっぱり首を振る。麻由たちが吹き出した。

「私なんか夏はお湯沸かすのだって嫌ですよ。それなのに素麺茹《ゆ》でてくれるなんて、奥さん、手抜きじゃないですよ」

麻由にそんなフォローをされてしまい、そうかなぁと渋々認めかけた瞬間、松井はハッとした顔になって新堂に向き直った。

「いやいや、ババアの愚痴を言いに来たんじゃねえんだよ。——先生、今度講演会の講師やってくんないか？」

「講師？」

いきなり飛び出したひとことはあまりにも予想外のもので、新堂は目をぱしぱしさせた。

「講師って――、何のですか」

「そりゃ歯のさ」

豪放磊落《ごうほうらいらく》な性格そのままの笑い声を松井が上げる。

「俺が入ってるパークゴルフのチームなんだけどな、よそんとこと合同で、毎年秋に温泉で懇親会開いてるんだ。で、俺らが今年の幹事なんだよ」

「大変ですね。人数、多いんですか？」

「ああ、百人くらいにはなるか」

「うわ、いいですね、楽しそう」

無邪気に麻由が微笑む。まとめるほうは大変なんだけどよ、と松井が苦笑いした。

「いつもただ食って飲んで風呂入ってで終わるんだけど、今年からもうちょっとタメになることしてもいいんじゃねえかってことになってさ。みんな年だろ、やれ血圧が高いだの膝《ひざ》が痛いだの、どっかかんか悪くなってんだよ。だから今さらだけど、体について考えるってのかな、健康絡みのことをその道のプロに話してもらって、気になることを訊ける場を作ろうってことになって」

で、と松井が新堂に向き直る。

「今年は一番身近な歯の話にってことになってさ。それでぜひ先生にお願いできないかと思って来てみたんだけど」

「え、俺がですか――？」

講師役は今まで務めたことはないし、そもそもそんな柄ではない。新堂が戸惑う傍《かたわ》らで、松井は呑気《のんき》に目を細めた。

「全然気の張る集まりじゃないんだよ。じいさんばあさんの気楽な会。入れ歯のことでも歯槽膿漏《しそうのうろう》のことでも、年寄りに身近なことを話してほしいんだ」

頭の中ではもうすっかりイメージが出来上がっているのだろう、松井の語調は力強い。

「平日の定山渓《じょうざんけい》だから、先生には迷惑かけることになって悪いんだけどな。時間は先生の都合に合わせるよ。もちろん雀の涙だけど謝礼は出させてもらうから」

「いえ、そんなのは」

「そうはいかねえよ。プロにプロの仕事頼むんだから」

しゃっきり言い切り、松井がふと時計を見て立ち上がる。

「悪いな、次の患者来るのに邪魔して。今言ってすぐ返事ってわけにはいかないだろうし、ちょっと考えてみてもらえるかい」

よろしく頼むよ、と日程と宿の名を記したメモを残し、人好きのする笑顔を浮かべて出て行った。

「お見合いじゃありませんでしたね」

次の患者の支度に取りかかりつつ、麻由がからかってくる。

「講師か――」

ぼんやり呟いたら、受けましょうよ、と麻由に発破をかけられた。

「うちの宣伝になりますよ。近くに住んでる人も行くかもしれないじゃないですか。先生ならわかりやすく話も出来るでしょうし。絶対いいと思います」

そのそばで祥代も同意するように頷いている。うん、と曖昧な頷きを返し、新堂は院長室へ戻った。

確かに有り難い依頼だと思う。その日は勉強会もほかの予定も入っていなかった。おそらく松井も新堂歯科のためになればと考えて、新堂に頼んでくれたに違いない。麻由が言う通り、この地域近辺に住んでいる参加者が新堂の話を聞いて関心を持ってくれれば、新堂歯科に来てくれるかもしれない。

そんなプラスがある一方で、ちょっと変わったことをして、また乾《いぬい》に余計なことを言われたり訊かれたりするのが面倒だった。先生聞いたよ、講演するんだってねえ――まだ聞いていない声が耳にありありと浮かぶほどだ。げんなりする。

乾なら迷うことなく即引き受けただろうし、噂《うわさ》を聞きつけただけでも自ら売り込みに行くくらいするだろう。その積極性が乾の美点でもあると思いつつ、消極極まりない経営方針を貫いている歯科医院の院長は、しばし迷わせてもらうことにした。

何の気なしにカレンダーに目を向けたとき、晴だったら、とふと心に浮かんだ。

今のやる気ゼロの新堂のやりかたを、患者が気の毒だと批判した晴ならばどう言うだろう
——？　絶対に受けるべきだと勧めるだろうか。

（……ああ、だけど）

結局晴がバイトに来てくれていた期間も何も変化を起こそうとしなかったから、何を言っても無駄だと匙《さじ》を投げているかもしれない。

晴には失望させてばかりだ。

ゆっくりと流れていく雲を目の端に映し、新堂はちいさなため息をついた。


建物の中に一歩足を踏み入れた途端、心地よい冷気が体を包んだ。

九月なかばだというのに、札幌は珍しく夏日だった。陽射しが照りつける表を歩けば、数分で全身に汗が滲む。しかもスーツを着込んでいるから尚更だ。そんなときに空調設備の整った場所に入るのは、至福のひとつだと思う。吹雪《ふぶき》の夜に、ストーブが焚《た》かれた暖かな家に入ったときと同様に。

清涼な空気にほっと一息つき、新堂は二階へ続く階段を早足で上った。

日曜の今日は、市内の大型ホールで歯科関連商品の展示会が開かれていた。小さなものでは歯ブラシ、大きなものでは診療台と、多くの会社の歯科関係の品物が定番から最新のものまで取り揃《そろ》えられ、一堂に会しているのだ。歯科オタクの新堂としては、年に一度のその展示会を欠かすわけにはいかない。

本当は朝から行ってゆっくり見たかったけれど、今日の昼は中学時代の友人の結婚式があった。さすがに途中で抜け出すわけにも行かず、気は引けたものの二次会の誘いを断り、三時に披露宴が終わると同時に会場を後にした。展示会の閉場は五時、なるべく早く入りたかった。新堂の急ぎぶりに旧友たちは、女だろうと冷やかしていたが。

展示会場に入ると、新堂のような駆け込み組も多いのか、まだにぎわいを見せていた。歯科医院関係者やその家族、それに学生も入れる中、一番パーセンテージを占めているのはやはり歯科医師だ。当然見知った顔も多い。顔見知り程度の相手もいれば学生時代から続く友人までいて、ある意味ちょっとした社交場だ。

「新堂くん」

同じスタディグループに参加している歯科医との挨拶をすませて歩き出したとき、背中から呼びかけられた。濁りのない声の持ち主を新堂はよく知っている。振り返った先、真枝《さなえ》がクールな微笑みを浮かべて立っていた。

「この前はありがとね。インプラント、おかげさまで上手く行ったよ」

メールで報告は届いていたが、直接聞けば安心が増す。良かったな、とちいさな笑みで答えた。

三十代なかばにさしかかった今も、真枝は昔と変わらず肌はつややか、スタイルもいい。学生時代から評判の美人は、忙しくても手抜きをせずにちゃんと自分を磨いているのだろう。

「このあと時間ある？　飲みに行こうよ、お礼したいし」

「礼なんかいいよ。それより岩村《いわむら》さんは？　今日はひとりか」

「旭川で後輩の結婚式。最終のＪＲで帰ってくるの」

「え、俺も今友達の披露宴に行ってきたところだ」

偶然の一致に驚く新堂を見やり、真枝が納得したふうに頷いた。

「だからスーツなんだ。秋の大安の日曜日だもんね、結婚式も多いはずだわ」

軽やかに言って、行けるでしょ、と確かめてくる。

「いや、俺は何ともないけど――、岩村さん、気にしないのか？」

いくら十年も前のこととはいえ、以前は付き合っていたふたりなのだ。お互いから恋愛感情がきれいさっぱり抜け切っていることを当事者には感じられても、岩村がそう割り切れなかったとしても不思議はなかった。余計な気を揉《も》ませては申し訳ない。

そんな新堂の逡巡《しゅんじゅん》を察知したのか、真枝がさらりと教えてきた。

「大丈夫。そもそも旦那が新堂くんと飲んでこいって言ったの。今日会場で会ったら、ちゃんとこの前のお礼してこいって」

「岩村さんが？」

思いがけない言葉を聞かされて戸惑う新堂に、うん、と首肯した。

「ご心配なく。昔の彼氏と飲んだくらいで罅《ひび》が入るヤワな夫婦じゃありません」

得意げに軽く顎を上げて真枝がぬけぬけと言い放つ。その頑強なつながりを内心羨ましく思いながら、新堂は眉を寄せてみた。

「やだやだ、こんなところでノロケかよ」

「悔しかったら新堂くんものろけてみなよ、いつでも聞くわよ。どう、彼女出来た？」

「……、いや」

普段なら迷わず流す恒例の問いかけに一瞬詰まってしまったのは、心から晴が消えないせいだ。そもそも付き合っているわけではないし、万一付き合ったとしても『彼女』と表現されることは絶対にないのだけれど。

「え、なに、出来たの？」

些細《ささい》な反応を見逃すような真枝ではない。ぱっと食いついてこられ、違うと否定したときには遅かった。

「何かあるでしょ。絶対ある、いつもと違うもん」

真枝が警察犬並みの嗅覚で探ってくる。新堂はひっそり息をついた。

元恋人というのはこんなとき厄介だ。ただの友人はもちろん、自分自身ですら気付かないほどの些細な仕草や表情で異変を察知してしまう。隠しきることは出来ないと諦めて、新堂は重い口を開いた。

「……付き合ってはいない。好きなだけ」

歯切れ悪く告げる。その瞬間、うわ、と真枝がちいさく叫んだかと思うと、ぐいと新堂の腕を引っ張った。

「おい」

思わずたたらを踏みつつ、真枝を止める。真枝は猫に負けない好奇心を隠しもせずに新堂を見た。

「ここ、もういいでしょ？　早く行こ」

急《せ》かす真枝を、まだ見終わっていないしそもそもこの時間ではまだ店も開いていないと説得した。早くしろという無言のプレッシャーには構わず、気になるブースをチェックする。展示品を見たいのは当然だけれど、思いがけず気付かれて、どうしたらいいか気持ちの整理が出来ていなかったからだ。本当のことを話すか、それとも曖昧に濁すか心が定まらない。

結局最後まで会場にいて、ススキノの居酒屋に入ったのは六時近くになっていた。

「さてと、ここまで待たされたんだからゆっくり聞かせてもらうわよ」

向かいに座る真枝が、ビールを呷ってベテラン刑事並の表情で迫ってきた。

「いや、別に取り立てて何も――」

適当に濁そうとしても、真枝のきりりとした目はそれを許しそうになかった。

真枝が話を聞こうとしているのは、あれこれ言っても新堂を気にかけてくれているからだとわかっている。自分が結婚したから余計に、かつての恋人にも早く幸せをつかんでほしいと願ってくれているのだろう。……もちろん純粋な好奇心も存分にあるだろうが。

隠しきれない相手だと観念して、新堂は真枝には本当のことを打ち明けることに決めた。

ビールで唇を湿らせてから切り出す。

「……俺の経営方針って、まずいと思うか？」

「――は？」

予想とまったく違う言葉が出てきたからだろう、真枝が啞然《あぜん》とした顔になる。それにフォローは入れず、新堂はゆっくりと続けた。

「新しいことを始めたり目立つようなことをしたりして、またあれこれ横槍《よこやり》を入れられるくらいなら、積極的に患者を集めなくていいって思ってやってきた。来てくれる患者だけを診て、こっちからは働きかけなくてもいいって」

「……うん」

困惑を隠しきれない表情で真枝は頷いた。

恋の話とは無関係なことに加え、今まで新堂がこの話題を自分から振ったことがなかっただけに困惑しているのだろう。真枝は新堂がやる気をなくした理由を知っていて、妨害に負けずに立ち向かえとよく励ましてくれた。そんな激励を有難く思いつつ、新堂はのらりくらりと受け流し、真面目に応じたこともなかった。なのにいきなりこんな話を始めては、戸惑われるのも当然だった。

「真枝にもほかの友達にも、腕がもったいないって言ってもらったし、正直そう言われることには慣れてた。……だけど患者が気の毒だって、それは初めて言われたんだ。腕があることをこっちからアピールしないと患者はわからない、技術を持ってる人間はそれを伝える義務があるってさ。びっくりした。全然そんなこと、考えたことなかったから」

ビールを嘗《な》めつつ、静かに伝える。そんな新堂を見ていた真枝が、誠実な面持ちで同意した。

「その通りだと思うよ。確かに患者さんのために私たちがいるんだもんね」

ゆっくりと、噛み締めるように声にする。

「――それを言ってくれたひと？　新堂くんが好きな相手って」

問われ、新堂は首を縦に動かした。そうなんだ、と真枝が頬をほのかに染める。

「いいひとみたいだね。良かった、嬉しい」

心底からそう思ってくれていることが真枝の声音から伝わってくる。

その喜びを有り難く感じる一方で、申し訳なくも思った。どれだけ祝福されても、この恋が成就することはないのだから。

「まだ話してないの？　好きだって」

「言わない——言えない」

「どうしてよ。そのひとに付き合ってるひといるとか？」

「いない……、と思う。俺のこと好きだって言ってたから」

気恥ずかしさは覚えながらぼそりと舌にのせる。えっ、と目を丸くされた。

「信じられない、なんで付き合わないのよ。お互い好きなら全然問題なしじゃない」

叱責がぽんぽんと投げつけられる。真枝を信頼してはいるが、やはり言葉にするのは勇気が要《い》る。少し間を置き、それから新堂は覚悟を決めて口を開いた。

「まだ学生なんだ。十五下」

「いいじゃない。二十くらい年が離れた夫婦って結構いるよ」

「……夫婦にはなれない」

ぽつりと呟いた。え、と真枝が眉尻を上げる。その顔を見て続けた。

「男なんだ」

短い告白に、さしもの真枝も息を呑む気配が伝わってきた。黙ってこちらを見ている真枝に向かい、新堂は苦笑いして問いかけた。

「驚いたか？」

「……まあ、そりゃ人並みには」

冷静な返答が真枝らしくて、新堂はククッと眉を寄せて笑った。馬鹿にされたと思ったのか、真枝が拗《す》ねた顔になって抗議してくる。

「なによ、当たり前でしょ？　ほかのひとならともかく、元彼にそんなこと言われたら普通びっくりするってば」

堂々と言ってのける真枝から、嫌悪や侮蔑の気配は窺《うかが》えない。純粋に驚いただけだと伝わってくる。

本当は、もっと雑多で複雑な感情が心の中に渦巻いているに違いなかった。それでもそれを表に出さずにいてくれる――新堂のために。

「ありがとな」

短く感謝の気持ちを伝えると、何が、ととぼけた疑問を戻された。

「それはそうと、相当なイケメンなんでしょうね？」

「なんだよそれ」

横暴な発言に苦笑した。真枝が新堂に居丈高な視線を向けてくる。

「だって新堂くんと付き合うからには、女の子が納得するぐらいのルックスじゃなきゃ」

「誰の納得だよ。大体付き合ってないっての」

新堂の反論に耳を貸さず、身を乗り出してきた。

「写メとかないの？　なんかあるでしょ、ないわけない」

新堂の携帯電話を奪いかねない真枝を、落ち着けと宥《なだ》めた。

「女の子じゃないんだからそんなちょくちょく写真なんか――」

往なした瞬間、ふっと思い出した。歓迎会のとき、晴とふたりで撮った写真があったはずだ。黙って携帯をいじり出した新堂に、真枝が期待に満ちたまなざしを向けてくる。

保護も保存もされず、受信したままになっていた晴からのメール。件名は『歓迎会』だ。

『ありがとうございました』の本文の下、ふたりが並んだ写真が続く。

いつもと変わらぬ表情の自分と、その隣で大きな体をちんまりさせて座っている晴。

このとき晴はもう――いや、もっと前からららしいけれど、自分のことを好きだったのだ。

ちょっと緊張した空気を漂わせつつ微笑む晴の顔を見て、なんとも言えない思いが湧く。恋心を隠して好きな相手のそばにいるのは、どれだけ大変なことだったんだろう――？　胸がきゅっとせつなくなった。

「え、ちょっと、この子？」

ぼんやりしているうちに真枝が新堂の手元を覗《のぞ》き込んでいて、興奮した声を上げた。

「うわ、なにこの美形ぶり！」

「おい」

件名
歓迎会
本文
ありがとうございました。

慌てる新堂の手から携帯を奪い、小さな画面を凝視する。

「芸能人？　一般人でこれ、有り得ないって！」

ミーハーなタイプではない真枝がここまで興奮するのは珍しかった。わかりきっていたことではあっても、晴の美形ぶりを新堂も改めて実感させられる。それだけの容貌の人間が、なぜ男の自分を好きになってしまったのだろうとも思う。

「……んー、確かにこれはクラッときちゃうかな」

しみじみと呟き、真枝が携帯を返してきた。

「いいんじゃないの、男だって年下だって」

「おい、そんな投げやりに」

力なく窘《たしな》める新堂に、違うわよ、と真枝が反論してきた。

「そりゃ好きだって言われたら、私だってフラフラしちゃいたくなる顔だけど。でも見た目はともかく、本当に好きなら男とか女とか関係ないんじゃないかって気がする。もう三十四だよ、今さらそんなことであたふたする年じゃないでしょ」

素朴な色味の枝豆をつまみ、真枝が軽く言い切った。堂々としたその態度になかば感服させられつつ、同い年でもそこまで悟り切れない新堂はもそもそと反論した。

「そりゃ向こうも同じくらいの年ならそう考えるのもアリかもしれなくてもまだ十九だぞ、未成年だぞ？　将来があるのに」

弱々しく返すと、平然としたまなざしを向けられた。

「だから？　何かあったときに責任取るのが嫌なの？　それかいつか捨てられちゃうのが怖いとか」

ぶつけられたのは高飛車な言葉で、けれどなぜか腹は立たなかった。

そんなことまで考えないようにしていた。もしかしたら深層意識では、それを恐れていた面もあるのかもしれない。

もし付き合ったとしたら、関係を晴の家族に知られたときにどれだけショックを与えるか――その衝撃を与えた自分がどれほど責められるか。七海や藤野はこちらが好感を抱いている相手なだけに、落胆されたり叱責されたりするのはつらいし、晴がその中でどれだけ苦しむかと思うとそれもたまらない。

そして晴が、付き合ううちに心変わりをしてしまったら――？　晴はまだ若いし、気持ちが移ろうこともあるはずだ。まして家族の反対を受けたとしたら、好きだという気持ちも萎《しお》れるかもしれない。そんなときに誰か別の心を揺るがされる相手に会ったとしたら――？

これからたくさんの人と出会うのだ、その中に新堂以上に心惹かれる相手がいたとしても不思議はない。つまりそんな可能性も考えられないくらい、今の晴は幼いのだ。

そもそも今新堂を好きだというのだって、情熱で突っ走っているだけという面もありそうだ。徐々に感情が落ち着いていけば、どうして年上の男に惹かれてしまったんだろうと悔やむときがくるかもしれない。

そんなことになったとき、みじめなのは誰だ――？　考えるまでもなく答えは出ている。

「とにかくね、自分のことじゃないから私はあれこれ言えないけど。あんまりいろいろ考えないほうがいいんじゃないかなとは思うわ」

ビールを飲み、さっぱりした表情で真枝が喋る。

「将来どうしようとか、何かあったらまずいとか、そんなの普通の恋愛してたって同じに考えることでしょ。しかもいくら考えたからって、全部が全部上手くいくわけじゃないもの。だから私たちだって別れたわけだし」

皮肉ではなく事実として真枝が口にし、それはそうだけど、と新堂をまごつかせた。

「先のことを心配したって仕方がないわよ。今がいいならそれでいいって、それぐらい割り切っちゃったら？　その『今』が積み重なって歴史とかになっていくんじゃないの？」

決して無責任に話しているわけではないのだろう。軽い口調ながら、ちゃんと考えてくれていることはその表情からひしひしと伝わってくるし、真枝は自分と同じ立場になっても、柔軟に、ポジティブに進んでいけるはずだ。

それなのに自分は少しも動けない。足の裏ががっしりとこの場に張り付けられたかのように固まってしまっている。

逃げ腰な自分が悔しくて情けなかったけれど、会わない方がいい――出した結論はやはり変えられそうになかった。

日中どれほど暑くても、夜になれば北国の空気は冷却装置を通ってきたみたいにひんやりする。

アルコールでほてった体にはちょうどいい温度の風を浴び、新堂は真枝と並んでゆっくりと夜道を歩いていた。久しぶりに来たススキノは不況の煽《あお》りか空き店舗が目につくものの、やはり独特の華やぎがあった。たまには繁華街もいいよなと、隠居生活にすっかり馴染《なじ》んだ新堂でさえ思う。

居酒屋を出てから、真枝に連れられてススキノの外れのバーで飲んだ。まだオープンして間もないというその店は嫌味のない洒落《しゃれ》た雰囲気で、若いマスターの対応も良く、酒も料理も美味しかった。

新堂の恋愛はその後は触れられることなく、治療メインに話は弾み、店を出たのは十一時近くなってからだった。

途中で旭川を発《た》つところだという岩村から真枝に電話があった。新堂も代わり、ふたりで飲んでいることを戸惑いつつも報告したが、真枝が言うとおり岩村にはまったく気を悪くしている様子もなければ心配している様子もなく、あくまで仲のいい同性の友人と会っているのと変わらない対応で、それくらい余裕がある関係を築けたふたりを羨ましく感じた。

「あー、楽しかった。やっぱり気心の知れた仲間と飲むのはいいなあ」

鼻歌混じりに真枝が歩く。その足元はゆらりゆらりと落ち着きがない。

「おい、そこ気をつけろよ。段差になってる」

「大丈夫。そう簡単に転びません――っと」

抗うそばからふらりとよろけた。

「……だから言っただろうが」

咄嗟《とっさ》に支えた新堂に、おかしいなぁ、と真枝はからからと笑った。

普段はキリッとした雰囲気のくせに、アルコールが入ると真枝からキリリ要素はあっさり抜ける。いつもは見せないふにゃっとした笑い顔が可愛くて、付き合っていたころはその顔見たさに飲みに誘ったものだ。今もこうしてその笑顔を見るといとおしく思いはしても、当時の気持ちとは違う。真枝がこちらを母のような気持ちで見ているとしたら、新堂は父親めいた目で真枝を見ているのかもしれない。

付き合っていた相手は何人もいても、別れたあとも形を変えて付き合いが続いているのは真枝だけだ。それだけ自分にとって気の合う人間ということなのだろう。こうやって付き合っていけるのは、とても幸せなことだと思う。焼けぼっくいに火がつく可能性は、ゼロどころかマイナスだが。

晴とはどんなふうにつながっていけるだろう――？　真枝と一緒に歩きつつ、ふとそんなことを考えた。

確かに晴が言っていた通り、自分たちにつながりはほとんどない。藤野家を間に挟んでの関係だけだ。晴が藤野の家を出れば、関わりが稀薄になっていくのは間違いなかった。だから晴はああして告白することを選んだのだろうけれど。つながっていたい相手とつながれないというのはとても寂しいが、気持ちを受け入れられない以上仕方がない。

「――あれぇ、ここって……」

不意に真枝が呑気に呟いた。ぼんやり思いをめぐらせていた新堂が、どうしたと隣に目を向ける。その瞬間、ふと気付いた。おそらく真枝が感じたのと同じことを。

「ホテル街だよね？　どうしよ、ヤバー」

とてもそうとは思っていない顔で、真枝が空々しく肩を竦めた。

店から駅に向かっているうち、どうやら通るべき道を間違えてしまったらしい。シックだったり派手だったり、外観はどうであれ用途は同じホテルがここかしこに建ち並んでいる。擦《す》れ違うのはみな男と女の二人連れだ。

「誰か知ってるひとに見られちゃったりして。やだ、私不倫？」

真枝が笑い、新堂に楽しげな目を向けてくる。

「けど向こうもここにいるってことは、ご利用目的があるってことだよね」

「一緒にするな、こっちにはそんな目的ないぞ」

ぴしゃりと撥《は》ね付けると、つれなぁい、と真枝がつまらなげに責めてきた。

「つれなくなかったら困るだろ。岩村さんに顔向け出来ないようなことしないぞ、俺は」

歩みを速めて新堂はしゃっきり答えた。その傍らで真枝が意味ありげな表情を浮かべる。

「えー、それってうちの旦那にだけー？」

にやにやして新堂に絡んでくる真枝は、酔いのせいか、すっかりからかいスイッチが入っている。

「ねえねえどうなの？　ねえってば」

酔っ払いが発展性のない言葉を紡ぐ。知るかと往なし、ふらつく真枝の体を支えて歩いていたときだった。

目の前のホテルから、すっと人が出てきた。建物側にいた真枝がぶつかりかけて、慌てて新堂が真枝の体を引く。すみませんと謝り、立ち止まった姿に反射的に目を向けた瞬間、新堂の口から声がこぼれた。

「――あ」

ホテルから出てきたのは椿だった。当然椿もこちらに気付き、はっとした表情で新堂を見やる。

胸がざわざわと嫌な騒ぎかたをした。この手のホテルにひとりで入るはずがない。一緒に入った相手が必ずいるはずで――。

「椿ちゃん？」

不思議そうな呼びかけが聞こえてきた。新堂の背がぴくりと揺れる。すっと視線だけを流した先、こちらに近付いてきていたのは、嫌な予感どおりの人間だった。

「どうしたの、突っ立って。忘れ物でもした？」

そこまでぼそぼそとささやいた晴が、人の気配を感じたのか、こちらに顔を向けてくる。

「――え」

新堂と真枝の姿を認めた瞬間、晴の動きがその場で固まった。ほのかな光の中でも、晴の顔から色が失われていくのが見てとれた。

「……あの」

気まずげな顔で晴が何か言いかける。泣き出しそうな目で新堂をみつめていた。新堂は黙って晴をみつめ返した。ふたりの間に見えない氷の塊《かたまり》があるようで近付けない――体も、声も。その氷が心をすうっと冷やしていく。

しばらくそうやって向き合ったあと、結局唇をきつく引き結び、晴は何も言わずに大股《おおまた》で歩き出した。待ってよ、と椿が急いで後を追う。

ぼんやりとふたりの後ろ姿をみつめる新堂に、ねえ、と真枝が当惑混じりに尋ねてくる。

「今の子って――」

静かに問う声から酔いは抜けている。ああ、と小さくなる晴の背に目を向けたまま新堂は無感動に頷いた。

「俺の好きな相手」

自分の声がうつろに耳に響く。目を閉じ、深く息を吐いた――自分を宥めるように。握り締めた拳は小刻みに震えていた。

真枝がそばにいてくれて良かった。ひとりだったら衝動にまかせて晴を追いかけていた。自分にはそんな資格などないくせに、嫉妬と怒りに駆り立てられ、どういうことだと晴に不条理な叱責を浴びせていたに違いない。

それに晴も真枝を見て誤解をしたかもしれない。こんな場所をふたりで歩いていたら、付き合っていると思われたとしてもおかしくはない。実際はそんな関係じゃないと訂正したくなる一方で、そのほうが晴にとってもいいはずだと考え直す。

けれどそんな配慮は必要ないことかもしれなかった。椿とホテルから出てきた、それが意味することは決まっている。……ふたりは寝たのだ。

新堂を忘れるためにか、それともこの数日の間で気持ちの切り替えがついたのか、晴は椿と付き合ってみることにしたのだろう。それともひとまず体から始まったのか――。

どうであれ、これで良かったのだ。晴が女の子と付き合えるならば、そのほうがいいに決

休憩
¥35
休憩
¥40
宿泊
¥80

まっている。自分に弁明する必要などない晴に、あんな気まずげな顔をさせてしまったことを気の毒に思った。

「……ホント、あれこれ考えることなかったな」

自虐ぎみに笑った。真枝が無言でせつなげな目を向けてくる。

結末はこんなに呆気《あっけ》ない。これで完全に終わった、そう思った。晴の中では、もう自分は過ぎ去った相手として処理されているに違いない。切り替えの早さに驚かされはしても、責めるつもりはない。多分それが若さのなせる技だ。

（――それなのに）

空を見上げ、息を吐く。

晴が新堂を心から切り離したというのに、自分はどうだ？　晴が椿といる姿を見ただけで、そしてふたりが寝たのだと思うだけで、こんなにも胸を掻き毟《むし》られている――以前晴が自分を思い、苦しくなったり悲しくなったりしただろう感情を、今度は自分が味わっている。失いたくなかった相手だと、それほどに深い思いだと、こうなってみて改めて痛感させられるなんて。

「大人ってのは損だな」

苦くちいさく笑んで呟く。

大人の分別なんて持つんじゃなかった。理性なんか投げ捨ててしまえば良かった。今さらどうにもならないことが、こんなにも悔やまれる。

今まで気付かなかったくせに、気付いてしまえば簡単にこの気持ちは切り捨てられるとは思えなかった。晴と違って若くないからか、それとも思いが強いのか、それはわからないけれど、忘れるまでずっとこの痛みを味わい続けるということかと思うとやりきれない。

それでもこれが晴にとって最善の結果であったことは間違いない。そう思うことで自分を納得させようとした――無理矢理に。


昨日の夕方から降っていた雨は、昼近くにようやく止《や》んだ。

往来が少なかった医院前の通りも、雨が上がるのを待ち構えていたように歩き出した人々で活気づく。

「先生、私お昼買いにコンビニ行ってきますけど、何か買うものありますか？」

患者が切れて少し早めに入った昼休み、祥代がおっとり問いかけてきた。

「あ、じゃあ悪いけど昼飯頼んでいい？」

本当は朝、通勤途中にあるパン屋で調達してくるつもりでいたものの、本降りの雨の中、車から降りるのも億劫《おっくう》で素通りしてしまっていたのだ。有り難い申し出に便乗させてもらうことにした。

「お釣りでふたりのおやつ、選んでおいで」

財布から千円札を二枚取り出して渡す。おやつという単語に耳聡《みみざと》く反応したらしい麻由が、私も行きますとスタッフルームから飛び出してきた。

「いいんですか？　すみません」

恐縮する祥代に、コンビニデザートで悪いけどなと返事をする。早速靴を履き替え、麻由がいそいそと尋ねてきた。

「先生は何がいいですか？　プリン？　あ、新発売のロールケーキもしっとりしてて美味しかったですよ」

「俺は弁当。幕の内頼む」

苦笑いで答えたら、忘れてました、と麻由が悪びれずに笑った。

「そうだ先生、晴くんに電話」

「ああごめん、こっちも忘れてた」

とぼけて返す。お願いしますねと催促して、麻由は祥代と雨上がりの外へ出て行った。

ひとりになり、急に静けさが広がる医院の中、弁当を待つ間カルテ整理をしているかと受付に回る。

「……電話、か」

かけなければと思いつつ、指は携帯のボタンを押せないままだ。隣なのだから直接訪ねてもいいのに、それも出来ない。もともと連絡を取りづらかったのが、今はますます取りにくくなっている。

晴と椿がホテルから出てくるところを見たのは一昨日《おととい》のことだ。

それ以来、新堂の心はずっとどしゃぶりだった。空からの雨は止んだものの、心の雨が止む気配はない。

ふたりが付き合うのは良いことだとわかりながら、それを祝えない自分が情けないし、みっともなくも思う。

とはいえ、晴と椿が付き合っていなかったにしても、弱い自分が晴の気持ちを受け入れるとは思えなかった。もちろん好きだけれど、好きだからこそ余計に。

先のことを考え過ぎずに今が良ければいいと割り切れ——そんな真枝の言葉は確かに一理あると思うし、心に響いてもきたが、そこまでおおらかにもしなやかにもなれそうになかった。一歩踏み出す勇気が今も持てない。いろいろな障害に体当たりする覚悟も。

そうやって自分と晴が付き合えないのは確定しているくせに、晴に自分以外脇目も振らず、一筋に思い続けてほしいと願っているのだとすれば、それはとんでもない傲慢にほかならない気がした。

ここまで自分が駄目な人間だったとは知らなかった。ある意味この恋がもたらした、一番の収穫かもしれない。

そんな皮肉をぼんやり感じながらカルテ整理をしていたとき、入り口のドアが開く音がした。いくら近くのコンビニでも、買い物を済ませて帰ってくるには早すぎる。財布を忘れたかと顔を出すと、曇りガラスのドアの脇に椿がひとりで立っていた。

「あ――」

思いがけない人物に呆然とする。そんな新堂に、椿は相変わらずの鋭い視線を投げかけてきた。

「今いいですか。昼休みですよね」

拒否は許さぬ強い口調で詰め寄ってくる。

「時間は取らせません。黙って聞いてくれたらすぐ終わります。それとも改めたほうがいいですか？」

「……いや」

椿のことだ、先送りにしたところで言いたいことは言うに決まっている。待っている間に冷静になり、やっぱりやめておこうと翻意するタイプとは思えない。

何を話そうというのだろう。日曜のことか。私たちはもう完全に付き合ってます、邪魔しないでください――そんな勝利宣言をしにやって来たのだろうか。実際それ以外考えられないが。

「……今スタッフ、買い物に行ってるけど。いい？」

男とふたりきりだと遠回しに伝えたものの、まったく危機感を持たない性格なのか、それとも新堂を男と見做《みな》していないのか、椿はあっさり承諾し、スリッパに足を入れた。心の隅でそれなら出直すという言葉を期待していた新堂は、ちょっと落胆させられた。

古ぼけた待合室の椅子に椿が座る。新堂にも腰かけるように促し、新堂が座ると椿はまっすぐなまなざしで切り出してきた。

「晴くんのこと、どう思ってますか」

単刀直入な質問に新堂の息が止まる。

「どうって――」

椿にそこまで教えなければならない義務はない。大体もうふたりは付き合っているのだろうし、自分のことなど気にしなくてもいいじゃないか。そう返したくても、静かな迫力の前に反論は芽から摘まれてしまう。二十歳にもならない女の子相手に情けないと思いはしても、おそらく椿のほうが自分よりも精神的には成熟しているに違いないと、諦めいた気分にもなる。

「はっきり答えてください。晴くん、先生に告白したって聞きました。あの家を出るからって自棄になったみたいですね」

どこまで聞いているのか、感情の窺えない声で淡々と椿は続けた。

「先生はやさしいからはっきりした言葉は出さなかったけど、自分のことは何とも思ってないみたいだって」

「……そう言ってた？」

問いかけに椿が頷く。

そんなふうに思っているのか——そう思われることを望んでいたのに、いざ聞くと心がちぎれるような痛みを覚えた。本当は違うと否定したくても出来ないつらさ——それは自分が招いたものだ。

「私は晴くんが好きです。初めて会ったときからずっと」

凛《りん》とした意思を目元に滲ませ、椿が新堂に明言する。

「だから晴くんに好きなひとがいるって——新堂さんのことが好きだって知ってても諦めなかった。ずっと早く告白してほしいと思ってたんです。振られるならさっさと振られてほしかった。そうしたら私のこと、見てもらえるんじゃないかって」

一途な瞳が新堂を責める。

「告白したけど駄目だったって聞いて、今だって思ったんです。付け入るなら今しかないって。だから日曜、飲みに行った帰りに気持ちが悪くなったなんて超古典的な手段でホテルに誘ったのに——」

そんなやり口を馬鹿にしていそうな椿がそうせざるを得なかったあたりに、椿の一生懸命さが見え隠れしている気がした。

ひとつ息を吸い込み、それから椿はまた口を開いた。

「晴くん、無理だって言うんです。好きなひととじゃなきゃ寝ないって。それなら私のこと好きになってよって頼んだら、好きだけど、友達以上には思えないって。先生以外好きになれないって――」

椿の唇がかすかに震えている。泣きたいのを堪《こら》えているんだとわかった。

「……何もなかったってこと？」

そんな質問は失礼だという配慮は、すっかり今の新堂から抜け落ちてしまっていた。いくらか間を置いてから、そうです、と悔しげに椿が認める。それを聞いて安堵《あんど》してしまったことを、椿に申し訳なく思う。

「お願いです、きっぱり振ってください。受け入れる気がないなら、やさしくなんかしないで、晴くんが立ち直れなくなるぐらい突き放してください。じゃなきゃ私の出番はないんです。晴くんが先生に未練を残してるうちは駄目なんです」

切々と訴えてくる椿を取り巻く空気は、怒りを孕《はら》んでいるのにきらきらと輝いていた。椿も晴も、同じような情熱を持っているからなのだろう。時に身勝手で、時に強引で、時に臆病で、とても純粋で。

好きで好きでどうしようもなくて絶対に手に入れたい――そんな強い思いは新堂にはもう

ずっと縁のないものだった。椿や晴くらいのころには確かに自分にもあって、けれどいくら強く願っても得られなかったり失ったり——そんなことを繰り返しているうち、すっかり遠くへ行ってしまっていた。

「……言いたいことはそれだけです。よろしくお願いします」

返事は求めていなかったのか、深く頭を下げ、新堂の顔は見ずに椿が出て行った。ぼんやりと椅子に座ったままでいたら、麻由と祥代がコンビニ袋を下げて帰ってきた。

「先生、今村尾《むらお》さん来てませんでした？」

麻由がムッとした顔で尋ね、ひどいんですよ、と言いつけてくる。

「今擦れ違ったんですけど。挨拶しても無視ですよ、無視」

確かに失礼ではあるけれど、今回は前のときのように新堂への憎さが医院すべてに波及したというより、本当に麻由に気付かなかったのだろう。いくら気が強い椿でも、恋敵《こいがたき》のところにひとりで乗り込んでくるのはそれなりに勇気が必要だったに違いない。少なからず緊張していたはずだ——それか泣くまいと必死だったたか。

「——違うんじゃないか、来てないよ」

とぼけ顔に、え、と麻由が顔を赤くした。

「やだ、人違い？　村尾さん、ごめんなさぃー」

「お菓子、なに買ってきた？　俺のぶんも食べていいよ」

恥ずかしがる麻由にせめてもの罪滅ぼしに勧めた。いいんですか、とすぐ嬉しげな表情に変わる。その素直さに心の中で感謝しつつ弁当を受け取り、新堂は院長室に入ってひとりになった。

椅子に座り、深く息を吐く。

一途でまっすぐでひたむきな感情――晴や椿を見ていると、心がむず痒《がゆ》いような気がするときがあるのは、そんな懐かしい気持ちを刺激されるからかもしれない。

晴も椿も輝いている。自分の感情をごまかさずにぶつけ、進むべき道をまっすぐに全力で走っている。

それに引き替え自分はどうだ――？　中途半端な年齢だと言い訳をして、あらゆることから逃げてばかりで。

（……ああ、そうか）

すとんと納得できた。

つまり面倒なのだ。恋に真正面から向き合うのが、何かあったときに責任を取るのが。大人として受け入れるべきじゃないというのは口実にすぎない。

大人だからという建前で逃げているだけで、気持ちをぶつけられない。振るならすっぱり振ればいいのにそれも出来なくて、そのくせ晴の気持ちが変わってしまったらと怖がって、付き合うこともためらっている。

そう、怖いのだ――若い晴の気持ちが変わってしまうことが。駄目になったときを恐れて、最初の一歩も踏み出せないでいる。どちらも真枝に言われたとおりだった。

恐れてばかりで何かをする勇気がない。しかも傷ついたり傷つけたり、何かを得たり失ったり、そんないろいろなことに対する覚悟も出来ていない。強いつもりで弱く、おまけに狡《ずる》い自分をはっきり思い知らされた。

それなら完全に自分の中に閉じこもってしまえばいい。けれど晴を挑発して、くちづけまでした。その中途半端な欲は狡さでもあるし、失われていた情熱がまた芽吹き始めた証《あか》しでもあるのかもしれない。

深呼吸をして目を閉じる。

もうごちゃごちゃ考えていてもどうしようもない。好きなら好きでいいじゃないか――大事にするべきなのは、その気持ちだ。晴を好きで、晴も自分を好きで。一番簡単で、重要なこと。その大切なことが最も手に入りにくいものであることは新堂も知っている。

いつまでもぐずぐず迷っていたら、それが消えて失《な》くなってしまうかもしれない。そうなってから悔やんだって遅い。

男同士で付き合うことで、晴が家族と揉めたり傷つけ合ったりすることがあれば、晴を守ってやれる強さを作っておけばいい。いつか晴の気持ちが変わって自分のもとを離れて行くときには、黙って見送る覚悟をしておけばいい。医院にもし何か中傷されることがあっても、それを簡単に撥ね除《の》けられるくらい強固な基盤を作っておけばいいだけだ。その努力もせずに心配だけしていても意味がない。

もう会わないほうがいいなんて、逃げているだけだ。

その逃避から得た安堵や安定と、晴を好きな気持ち、両方を天秤《てんびん》にかけたら大事なのがどちらかなんて、簡単にわかることだった。

今の自分に出来るのは、顔を上げ、前を向いて進むこと。たとえ小さな一歩であろうと。

「先生、虹出てますよ」

麻由がはしゃいで教えてくれた。ふと瞼を開け、立ち上がり、窓を開ける。

淡い水色の空、建ち並ぶ住宅の上に、やわらかな七色の光のアーチがかかっていた——まるで新堂の背を押すように。

「……よし」

ちいさなささやきで自分を鼓舞し、受話器を取って松井の家の番号を押した。


「——ずいぶん遅いんだな」

新堂がのどかに声をかけた途端、まさかそこにいると思わなかったのか、晴がビクッと肩を揺らした。その目が大きく見開かれ、新堂を凝視する。

驚くのももっともだった。新堂が立っていたのはバス停の脇。深夜の住宅街を走るバスを利用する乗客は少なく、バス停のまわりに人気《ひとけ》はない。

「七海さんから聞いた。本屋でバイト始めたんだって？」

「……何か用ですか」

うつむき、晴は取り付く島のない答えを返して寄越す。それを物ともせず、新堂は銜《くわ》えていた煙草《たばこ》を消して問いかけた。

「このあとちょっといいか？　七海さんに許可はもらってるから」

「は、話ならここでしてください」

立ち竦《すく》んだままかたくなに抵抗する晴の耳元に唇を近付け、新堂がとぼけた調子でささやいた。

「誰に聞かれても構わないならいいけど？」

晴が顔を上げ、新堂を睨む。その背を押して新堂は歩き出した。

雨はもうすっかり上がり、夜空には月と星が瞬いている。銀の月がやわやわと輝いていたけれど、不思議と煙草に手は伸びなかった。

晴が全身に神経を張り巡らせているのがわかる。その緊張を解いてやりたくても今は出来なかった。

「――先生の家ですか？」

新堂が家の前で立ち止まる。晴の顔が強張った。

「駄目？」

短く返したら、戸惑いがちに視線を泳がせる。そんな晴を促し、新堂は家の中に入った。

仕方なしにという風情で晴が後を付いてくる。晴を居間に通し、新堂はキッチンへ向かった。

「晩飯まだだろ？　握り飯作っておいた」

麦茶を注ぎ、おにぎりが載った皿と一緒に居間のローテーブルに運ぶ。

「形は悪いけど、米は美味いやつだから」

ありがとうございます、とぎくしゃくと晴が礼を言った。それでも手を伸ばすことなく、じっと身を硬くしている。

「……患者さんから、歯の話をしてくれないかって頼まれたんだ。パークゴルフの懇親会みたいなところで」

新堂が切り出すと、晴が初めて顔を向けてきた。

「講演、ですか？」

「そんな大層なこと話せるわけじゃないんだけどな。大体講師なんて柄じゃないし」

苦笑いして顎を撫《な》でる新堂に、晴は澄んだ瞳で首を振る。その顔を見やり新堂は言葉を続けた。

「だけど引き受けてみることにした。ちょっとでもうちの宣伝になれば儲《もう》け物だし」

「――すごくいいことだと思います」

晴は目をきらきら輝かせて賛成してくれた。今まで晴を取り巻いていた緊張がするりと取れている。

「相談とかも受けるんですよね。先生が説明してあげたら、それできっと納得してもらえるし、先生の治療を受けたいってひとも絶対出てきますよ」

「だといいんだけどな」

「絶対大丈夫です。……うわ、楽しみ」

喜びの粒が全身でちかちか跳ねているようだ。素直に言ってもらえたことで、新堂も嬉しくなる。

午後、松井にこの前の依頼を受けさせてもらいたいと電話をしたら、とても喜んですぐ医院に来てくれた。

(実はみんな楽しみにしてるんだ。入れ歯が合わないって連中、多くてさ。俺がこの入れ歯の自慢したら、先生の話を聞きたいって)

この前は新堂にプレッシャーをかけてはいけないと言えなかったと、松井はにこにこと話してくれた。そんな配慮を有り難く感じつつ、いくらかでも松井たちの役に立てるように頑張ろうと新堂は誓った。自分で出来ることなら、患者のためになる治療をしたい。

「晴くんが言ってくれたみたいに、俺の治療で誰かが楽になってくれるなら嬉しいし。それで少しずつでもうちの医院、大きくするってわけじゃないけど、がっしりした基盤を持たせられるようにしたいと思ってる。診察時間も変える」

「そうですよ、先生がやる気にさえなれば上手くいきますから」

力強く励ましてくれる晴をみつめ、ゆっくりと口を開いた。

「ちょっと下世話な噂を立てられたくらいじゃ潰れないくらいにする」

「え――？」

新堂に向けられる晴の瞳に疑問めいた色が浮かんだ。それに答えず、新堂は続けた。

「今日、村尾さんがうちに来た」

「……椿ちゃんが？」

呟く晴はすっかり混乱しきっているらしい。また表情に緊張が走る。これだけ話があちこちに動けば――しかもその意図がわからなければ、それも当然のことだった。

「あの日、何もしてないんだろ？」

「――え？」

ぽかんとした晴の顔が、数秒後、何を言おうとしているか理解したのか、瞬く間に真っ赤に染まった。

「……せ、先生には」

「関係ない？」

目を逸らした晴の顔を、覗き込むようにみつめた。反射的にかこちらに動いた視線が、一瞬重なるとまたすっと逃げていく。その細い顎を片手で押さえた。晴が驚きを隠さず新堂を見た。

「――もう逃げるのはやめる」

静かに、誠実に声にした。この思いが本気だと――心からのものだと、ちゃんと晴に伝わってほしいと祈りながら。

「……好きだ。ずっとごまかしてた。だけどもう逃げない」

そう告げた途端、晴の目が一際大きくなった。ゆっくりと顎から手を離す。晴はもう視線を逸らそうとはしなかった。そのまなざしから、驚きがこちらにストレートに伝わってくる。

「迷ってた。いくら好きでも、男と男で、年も離れてて。楽な道じゃないってわかってて、それでもそっちに行こうとは言えなかった。……狡かったから」

だけど、と晴をみつめたまま伝えた。

「どんな道だっていい。晴くんがいてくれればそれで。世間体とか現実とか、もう構わない。何かあったときには俺がちゃんと責任を取る。晴くんを守る」

ささやきに静かな熱が籠る。

若いころみたいに勢いばかりで突っ走る、わかりやすい情熱じゃない。落ち着いたやさしい情熱も多分あるはずだ。ぎらぎらした夏の陽射しではなく、おだやかな春の太陽が与えるぬくもりで——晴にはそんな熱で接したい。

「だけど十九の男に、そこまでの覚悟は求めてないから。やっぱりきついと思ったら、いつでもなかったことにしていい」

「なかったことになんか——っ」

震える声で晴が抗った。どん、と握り拳でテーブルを叩く。その拳も小刻みに震えていた。

「そ、そんなことあるわけないじゃないですか。ずっと——、もうずっと好きなんですよ……っ!?」

泣きたいような、怒っているような。うろたえつつどう感情をぶつけていいか迷っているらしい晴に、新堂は苦笑いを向けてその体を引き寄せた。

「ごめんな。もう逃げないから」

「……絶対逃がさない。誰にも渡さない」

新堂の胸元をぎゅっと掴み、ささやいてくる。思いがけない強気な独占欲を示されて、新堂の心に甘い震えがぞくりと走る。

「本当なんですよね、信じていいんですよね——?」

腕の中で尋ねてくる声は掠れ、揺れていた。泣いているのかもしれない。

「信じてくれ」

自分より大きな体を抱き締めて頼む。

「……信じられない、嘘みたいだ――」

信じていいのかと訊いておきながらそんなことを言う晴がいとおしかった。確かに望みはないと思っていた相手から急にこんな告白をされれば、すぐには信じられなくても無理はなかった。嘘じゃない、と背をさすりささやいてやる。

「男だけど――、子供だけどいいんですか」

おずおずと問いかけてくる。ああ、と新堂ははっきり頷いた。

「良かった……っ」

心底からの安堵が感じられる響きが耳元に落ちる。

今ならわかる――こちらが迷ったのと同じに晴だって悩んでいたのだろう、と。十九歳は十九歳なりに、自分の年若さを恨んだり、学生という自立していない立場をもどかしく感じたりしたこともあったに違いない。それでも好きだと打ち明けてくれた、その情熱に感謝した。

何も言わずに抱き締めていたら、音のない世界に晴の鼓動がドクドクと響いてきた。子供みたいに速い。興奮しているにせよ緊張しているにせよ、かなり神経が高ぶっているのだろう。可愛いなと思ったらキスしていた。晴がびっくりした顔で新堂をみつめてくる。

「……な、なに」

「こないだもしただろ？」

意地悪くからかってやると、ただでさえ赤かった顔がますます赤くなった。その反応に愛《いと》しさがまた増す。

「これくらいでワタワタしてたら、この先のことどうするんだよ」

「えっ！」

晴が動揺を顔中に張り付けた。いつまで子供を苛《いじ》めているんだよと自分の中から叱り声が飛んでくる。いくら見た目は大人の完成品そのものでも、中身は初々《ういうい》しいまでに純朴な子供なのだ。

「ウソ。好きなだけワタワタしていいよ」

ちいさく笑い、晴の唇を塞ぐ。初めは驚いたように唇を引き結んでいた晴が、新堂の舌に促されてか口を開けた。わずかな隙間に舌を差し入れる。その瞬間はビクッと体を強張らせたものの、徐々にぎこちないながらも晴はそれに応え出した。

いきなりこれはまずいだろうと思いつつも、くちづけが先の行為を予感させる濃度に変わるのを止められない。

「……先生」

わずかに唇を離し、晴がささやいてくる。赤みを帯びた目元はやけに色気があって新堂をくらくらさせた。

「ひとつ訊いていいですか」

新堂が頷く。少し間を置いてからためらいがちに晴が切り出してきた。

「……あ、あの女の人は」

「女の人――？」

「ホテルの前、一緒に歩いてた」

ぽそぽそ遠慮がちにささやかれた言葉で、真枝のことかと気付く。どこまで話すべきか迷い、結局正直にすべて伝えることにした。たとえ今晴を傷つけることになったとしても、ごまかしておいて後で事実を知ったほうが傷は深い気がした。

「大学の同級生で、岩村真枝っていう。昔、付き合ってた」

その告白に晴が痛みを覚えた表情になる。

「でも今は友達。もう結婚してるよ。日曜は展示会のあとで一緒に飲んで、たまたま道を間違えてあそこを歩いてただけ」

「――信じていいんですよね？」

「それを言うならお互いさまじゃないのか？」

茶化したら、晴ははっとした顔になった。

「お、おれは本当に誓って何も――！」

その必死な態度にプッと吹き出し、わかってるって、と背中を軽く叩く。

「村尾さんから聞いた」

知らなかったのか、晴が呆然とする。今日の昼にな、と新堂は答えた。

「好きな相手とじゃなきゃしないって断られたって。村尾さんには申し訳ないけど、ほっとした。付き合い出したのかと思ってたから」

「そんなことないです。おれは先生のこと諦めたりなんて出来ない」

簡単に心変わりをする人間だと思われたことが悔しいのか、真剣な瞳で新堂に迫ってくる。

ごめんな、と謝って晴の頬にキスをした。

「とにかく真枝のことは、嘘だと思うんだったら電話してみるか？　晴くんとのこと話したら発破かけられたから、逆にすごく喜ぶと思うけど」

「い、いいです……っ！」

ハイスピードで首を振る。そんな仕草に新堂が笑った。

「じゃあ信じろ」

短い命令を下し、晴の髪を梳《す》く。こくりと頷く晴の首の後ろに手をかけ、引き寄せる。

「──それと、お願いが」

軽いキスを繰り返す間、また晴が口を開く。なに、とまなざしで訊いた。

「……おれのこと、晴って呼んでもらえませんか」

新堂をみつめ、真っ赤になって晴が頼んでくる。その瞬間、ぎゅうっと新堂の心臓が甘く絞られた。

まったくこの可愛さをどうしてくれよう――三十四にもなってこんなにときめかされるとは。頬がにやけそうになるのを必死で抑えた。

「呼び捨て希望？」

「で、出来れば」

期待を込めた表情で、慎ましく晴が頷いた。わかった、と新堂が了承する。

「じゃあ俺のことも雅尚《まさなお》って呼んでいいから」

「そ、それは無理です！」

「なんで」

「先生は、先生だから」

よくわからない理屈で反論してくる晴に笑った。確かにきちんきちんと説明がつくことばかりじゃないのが恋だろう。

「まあいい。晴が呼びたいときに呼べば」

初めての呼び捨てに、晴が感激と高揚をあらわにして新堂に抱き付いてきた。見えない尻《しっ》尾《ぽ》は痛いくらいに振られている。

「……なんか恋人って感じ」

この欲のない純情さがとてつもなくいとおしい。可愛くていとおしくてたまらない。自分の中にこんな感情があることを知れて良かった。

「――これからもっと恋人っぽさ実感することとするのに」

耳朶《みみたぶ》を噛んで短く告げる。一瞬の後、新堂は激しくくちづけられた。

唇が重なる時間に比例して、どんどん熱が高まっていく。欲しい、抱き合いたい――すっかり忘れていたそんな欲が強くなっていく。

「……いきなりでも平気？」

そっと尋ねる。何がですか、と潤んだ瞳で晴が聞き返してくる。

「出来る？　晴のこれを、俺のここに入れることになると思うんだけど」

指さしながら言った途端、体が床に押し倒され、幸せな重みが覆い被《かぶ》さってきた。

「煽らないでください、……それが大人の技？」

晴が悔しげに呻きながら新堂の衣服をぎこちなく脱がせていき、まさかと新堂は笑った。

「技も何もないって。大体好きな子の前でそんな余裕なんかあるわけないだろ」

腕を伸ばし、まだ何か言いたげな晴の服も脱がせる。

服の下から現れた、すっきりと引き締まった体――男の体を美しいと思うのは生まれて初めてだった。特に鍛えているわけではなさそうなのに、過不足ない筋肉で支えられている。

思わず見惚《みと》れていたら、なんですか、と晴が恥ずかしげにこちらを見下ろしてくる。

「いや、どこもかしこもきれいだなって――」

「や、やめてください。大体先生のほうが」

「ストップ。褒め合い合戦はここまで」

てのひらで晴の口をふさぐ。

「ほかにすること、あるだろう――？」

目を細めて微笑みかける。てのひらをずらし、代わりに唇を重ねる。一瞬戸惑いを浮かべた晴が、きつく新堂を抱き締めてきた。

くちづけの濃度がどんどん上がっていく。晴の手が新堂の体のあちこちを、まさぐるみたいに触っていく。この前キスをしたときにも思ったけれど、まるで技巧のない、がむしゃらさとひたむきさだけが満ちている晴との接触が、なぜこれほどまでに心地好《よ》いのだろう――？　それが好きという気持ちのすごさなんだろうか。

その感情に突き動かされるように、新堂は晴の上に乗り上がり、広い胸板に手を伸ばした。平たい胸に付いている薄茶の突起を指先で捏《こ》ねる。びくっと晴が身を硬くした。

「せ、先生、そこは――」

眉を寄せ、片目をつぶって呻く晴に構わず、そこに舌を這《は》わせた。舌先で刺激を与えるたび、晴の体がぴくぴく跳ねる。

「……は、恥ずかしいですって」

快楽を逃がすためか、手の甲を噛んでいる晴の口元からその手を取り払う。

「そんなことに使ってんなら違うことに使え」

薄く笑って命じ、新堂の下腹部に導く。晴はがばっと上半身を起こした。

「……っ！」

「嫌ならいいけど」

「い、嫌なわけ――！」

否定する晴の顔は、今まで見たことがないほど真っ赤に染まっている。

「いいんですか……？」

おずおず問いかけてくる恋人に、もちろん、と新堂は頷いた。

「晴がして駄目なことは何もない。こんなおっさんの体で良けりゃ好きにしろ」

おっさんなんて言わないでくださいと抗議したあとで、晴はそろりと新堂の下着の中に手を入れてきた。

「ん――っ」

他人の手で触られるのは久しぶりだ。それだけでも刺激になるのに、その手が晴のものだと思うとどうしようもなく高ぶらせられる。

「先生……」

爆発しそうな何かをじっと堪えているふうな響きで、晴が呼ぶ。何を求めているかわかるから、新堂はその願いを形に移した。

「あ――」

触れた晴のそこは、もうすっかり勃ち上がっていた。先端からあふれるぬるりとした滑りを全体に塗り込めるようにして手を動かす。同性の性器に触るのはこれが初めてだったものの、何も戸惑いは感じなかった。――むしろ興奮した。

晴が小刻みに体を震わすたび、ちいさな呻きをもらすたび、新堂の高揚も増していく。だからその行為を望んだのも、自然な結果だった。

「え……？」

けれど晴には予想外のことだったらしい。

「な、ななな、何――っ！」

全身から狼狽を滲み出させつつ、晴が動転しきった声を上げた。新堂が晴の性器を尻の狭間《はざま》に導こうとしたときだ。

「最初に言っただろ。入れる気ない？」

見下ろしながら問うと、だって、と当惑したまなざしを向けてくる。

「な、何もないですよ――その、コンドームとかゼリーとか……」

その手の知識はなさげな晴の口から飛び出した単語にちょっと驚く。そんな新堂に、勉強しましたから、と晴が消え入りそうな声で呟いた。

「勉強？」

「……必要なものとか、やりかたとか。頭の中で想像するのに必要で——そうしないとやっていけなかったっていうか」

珍しく視線を逸らし、突き放す調子でそこまで言った一秒後、うわあっと叫んで晴は顔を押さえた。

「ごめんなさい！　先生のこと考えてしてました」

すみませんすみませんと晴が必死に謝ってくる。呆気に取られ、新堂は晴を見下ろしていた。

言わなければわからないのに、正直にそんなことまで打ち明けてしまうのが晴らしい。自分も晴のことを思って同じことをしたけれど、不発に終わったそれは少なくとも晴が笑い話として聞けるくらいになるまで黙っていたほうがいいだろう——この先は間違いなく晴で反応するはずだ。

「……いくらだってすればいいだろ」

笑いかけてささやく。晴はそろそろと顔から手を下ろした。

「だけどこれからは生身相手にしたほうが楽しいんじゃないか？」

からかい混じりに言えば、かっと晴の頬が朱に染まる。

「じゃあ——、いいですか？」

晴がごくりと唾《つば》を呑んで訊いてくる。もちろん、と新堂は頷いた。

「頭の中で考えてたこと、俺にしてみな」

挑発的に目を細める。

「晴の頭の中の俺と、現実の俺とどっちがいいかな――」

「……現実っ」

ぐいっと腕を引かれ、晴の体の横に倒れる。すかさずその上に乗りかかられた。忙《せわ》しない口調でささやかれる。

「――ごめんなさい、我慢できない」

余裕のなさも、衝動も、晴のすべてがいとおしい。

いいよとその背に腕を回した直後、新堂の中に晴が押し入ってきた。


十月に入り、朝晩すっかり冷え込むようになってきた。布団から出るのがつらい季節の始まりだ。

それでも今年の秋は寒さを感じない――隣に恋人が眠っているから。違う意味で布団から抜け出すのは大変になったけれど。

晴は今、新堂の家で暮らしている。思いを打ち明けたときは、もうアパートの契約直前で

この家に来いと新堂が誘った。隣なら七海たちも安心だろうし、晴も心強いのではないかというのは建前で、本当は一緒にいたかったからだ。

喜びはしたものの、邪魔になるのではないかと晴はいつもの遠慮をしたが、これからからはもう気遣いはするなと新堂が諭《さと》した。

（甘えられることは甘えろ。恋人に遠慮されたら寂しくなる）

そう命じると晴は甘酸《あまず》っぱい顔になり、こくりと頷いた。

幸い七海も藤野も同居に賛成してくれて、藤野の親の荷物が運び入れられ始めた九月の終わりから晴はこちらに住んでいる。晴も隣によく行くし、美月《みつき》や勇人《ゆうと》も毎日やって来ていた。

さすがに七海たちにはまだ真実を打ち明けていないが、いつか来るかもしれないその日のために、今は少しでも信頼してもらえるような生活をして足場を固めておきたいと思う。決していい加減な気持ちで付き合っているわけではないのだろう、そう思ってもらいたいから。

真枝には、のろけてると冷やかされないように気をつけつつ、あの日見た場面は誤解だったことも含めて簡潔に顛末《てんまつ》を伝えた。良かったと喜んでくれて、近いうちに食事をしようと誘われている。有り難い申し出ではあるが、酔った真枝が晴にどんな質問を浴びせるかと思うと怖くてなかなか頷けない。

報告しなければならない相手はもうひとりいた――椿だ。ああやって会いに来られた以上、自分からも説明すべきかと思ったけれど、晴と相談し、晴がひとりで伝えることになった。

（おれのことを好きになってくれたんだから……、おれが話すのが正しいんじゃないかって気がするんです）

確かにふたりから言われるのは、晴ひとりに言われるよりもつらいだろう。だから椿は晴に任せることにした。いつか椿にも幸せな恋が訪れることを心から願って。

医院の経営にも力を入れ出した。いろいろな層に見てもらえるようにホームページを開設し、外壁の補修を始めた。建物の中にまでまだ手が回らないが、ひとまず徹底的に掃除をし、照明を明るくして、清潔感をアピールした。診察時間も変更し、土曜の診療を始めた。それらが功を奏してか、患者はまた徐々に増えてくれている。乾の妨害が入ろうともう気にしない。何かされたら今度こそ、しっかり証拠を摑んで立ち向かってやる。

松井に依頼された講演は来週で、義歯について話す予定になっている。少しでもわかりやすく、興味を持って聞いてもらえるようにと今は準備をしている最中だ。晴も手伝ってくれて、昨夜《ゆうべ》も遅くまで資料を用意していた。――もちろんそれだけで夜が過ぎはしなかったが。

「若いからって無茶しやがって……」

院長室で白衣に着替え、新堂がひとりぼやく。三十代には無茶な行為でも、十代にはまったく無茶ではないところが恐ろしい。

十五年後に思い知れと呻いて、ケーシーのボタンを止めたら、朝だというのにどたどたと足音が聞こえてきた。

「先生大変、ニュースです！」

荒いノックと共に麻由と祥代が顔を出して叫んだ。

「どうした、梶さん、赤ちゃん生まれた？」

それはまだですと麻由が首を振り、意気込んで口を開く。

「乾先生、クリニックを辞めて札幌離れるみたいですよ！」

「えッ？」

青天の霹靂《へきれき》だった。どういうことだと驚く新堂に、麻由が興奮して続ける。

「離婚ですって。浮気してるのが奥さんにばれて、三下り半。奥さんを騙して不倫旅行とかもしてたみたいです」

「……最悪」

新堂が眉をひそめる。ひょっとして夏の『ハワイでバカンス』も、その浮気相手とだったのか？

「乾先生、婿《むこ》養子だったんですね。奥さんのお父さんがすごいお金持ちで、クリニックの土地も建物も、全部用意してもらったらしいんですよ。そのお父さんがもうカンカンに怒っちゃって、別れろって。実は何度目かなんですって、浮気。奥さんも騙されてたって激怒しちゃって」

「ソースは？」

あまりに詳しい解説を不思議に思って尋ねると、はい、と祥代がそろりと手を上げた。

「……実は姉の友達が、その浮気相手で」

「えっ！」

世の中はなんて狭い――ただただ驚き、呆気に取られるだけだ。祥代がおずおず話し出す。

「今まで相手のことは、姉も全然知らなかったそうなんです。不倫はまずいよ、やめたほうがいいよってずっと言ってても、奥さんと別れるって言ってるからって我慢してて。だけど結局やっぱり別れなくて、都合良く扱われてただけだってさすがに気付いて別れることにしたら、そのタイミングで奥さんにもばれちゃって」

「両方から三下り半か――」

呆れて聞いていたら、しかも、と麻由が鼻息を荒くする。

「その女の子、歯科医師会に無理やり電話させられてたらしいですよ。どこそこ医院でこんな目に遭《あ》ったって、有りもしないこと、乾先生に言えって言われて」

「え――、じゃあまさか」

新堂の呟きに、麻由が憤懣《ふんまん》やるかたない表情で深く頷く。

「うちの医院のことも、その子にさせたんじゃないですか。訴えてやりましょうよ」

「……いや、いい」

静かに返した。

「済んだことだから関係ない。もういいよ」

怒りがおさまらない様子ながら、新堂がそう言う以上仕方がないと思うのか、不承不承麻由が頷く。

乾の所業には呆れと怒りしか湧かないが、過ぎたことに拘《こだわ》っていても意味がない。

浮気をしたり他院を陥れたり、それらの報いがこの結果なのだろう。自業自得のこととはいえ、さすがに今の乾に同情しなくはないものの、あの乾のことだ、起き上がり小法師《こぼし》並みの不屈の精神で立ち上がるに違いない。

「だけど乾先生がいなくなると、かなりほっとしちゃいますね」

素早く気持ちを入れ替えたらしく、麻由がしゃきしゃき言った。

「うちがやることに横槍入れてくるところがなくなると思うと助かります。さ、これからはどんどん患者さん呼び込んで頑張りましょうね」

ぐっと拳を振り上げて診察室へ向かう麻由と祥代に向かい、よろしくお願いします、と新堂が笑って頭を下げた。

——とりあえず今の目標は、数年後、晴を技工士として迎え入れること。専任の技工士を置けるほど、新堂歯科を大きくしなければ。もちろん晴にも腕を磨いてもらう。恋人だからといって甘い仕事は許さない。

「……さて、今日も頑張りますか」

ぐっと伸びをして、机に目を向ける。

シンプルなフォトフレームの中には先週行われた送別会兼歓迎会の一枚――みんなに囲まれ、晴がきらきらした極上の笑顔を見せていた――自分のとなりで。

情熱はふたりぶん

いてくれた。

「ただいま」

新堂《しんどう》が玄関のドアを開けたら、車のエンジン音を聞きつけたらしい晴《はる》が廊下に出て待って

「おかえりなさい。講演、どうでしたか？」

昼でも夜でもいつもきらきら輝いている美貌の恋人が、そわそわと問いかけてくる。その顔を見やり、新堂はのんびり口を開いた。

「ああ、なんとか上手《うま》くいった」

「そうですか。良かった」

晴はほっとしたように笑んで息を吐き、新堂が差し出したおみやげの温泉饅頭を嬉しそうに受け取った。

今夜は定山渓《じょうざんけい》の温泉ホテルで、松井《まつい》に頼まれていたパークゴルフの懇親会での講演をしてきた。講演という言葉が持つ堅苦しいイメージからはかけ離れた、気負わないフランクなものだった。

まだ三十代の自分が、いくら専門分野についてであれ、親よりも年を重ねた人々に一端ぶって語るのもおこがましい気がしたし、歯科治療を身近に感じてほしかったので、出来れば砕けた雰囲気の中で話したいと松井に伝えておいた。

その気持ちを汲《く》んでくれたのか、宴会場には百人以上が集まっていたものの、夕食後とい

うこともあってアルコールも程よく回り、格好も浴衣、みな終始リラックスした様子で、それでも真面目に新堂の声に耳を傾けてくれた。

そんなお年寄りたちに、見やすい文字サイズで用意したプリントや、晴と作った大きなサイズの歯科模型を使って義歯について話をした。

そのあとに行った質疑応答では、質問や悩みが活発に寄せられ、返答にも満足してもらえたようだ。何人かに新堂歯科で診てほしいと言われもして、後日改めて予約を取ってもらうことになった。

（いやあ、先生、本当にありがとう。俺も幹事として鼻が高いわ）

一時間の予定をオーバーして終わったあと、ほわりと赤い顔で挨拶《あいさつ》に来てくれた松井はとても喜んでくれているふうで、新堂も自分を推薦してくれた松井の役に立てたらしいことを嬉しく思い、安堵《あんど》もした。

「晴に手伝ってもらった模型、好評だったよ。本当に助かった」

ネクタイを解きながら言った新堂に、そうですか、と晴は奥ゆかしげに微笑んだ。

一緒に暮らし始めて半月、晴は公私ともに何かと新堂のサポートをしてくれている。今回の準備ももちろん、役所への書類の提出や銀行の振り込みなどの細かな事務仕事も引き受けてくれていた。

バイトはもう終わったのだし、そんなことまでしなくていいと新堂は止めたのだけれど、やらせてほしいと晴が言ってくれた。

（家賃も食費もゼロで住まわせてもらって何もしないなんて、親に知られたら張り倒されます）

真剣に晴がそう訴え、結局新堂もそれに甘えてしまっている。

親代わりの藤野《ふじの》夫妻に同居を申し出たとき、家賃を払うと言われたものの断った。表向きは下宿でも実際は同棲なのだ。真実を隠している身としては、それで金をもらうのはあまりにも良心が咎《とが》めるし、恋人から部屋代は受け取りたくない。

真実を知らない七海《ななみ》は、せめてもの気持ちだからといつもふたりの食事を用意してくれていて、新堂としてはむしろ申し訳ない気持ちのほうが強かった。それでも晴が料理を貰《もら》いに行ったり、美月《みつき》と勇人《ゆうと》が祖父母と一緒に持ってきてくれたり、晴がこちらで暮らすようになってても日々つながりを持っていられていいのかもしれないと、恐縮しつつも都合良く考えさせてもらっている。

「お風呂張ってありますよ。それとも先に食事にしますか」

居間でジャケットを脱いでいたら、それを受け取った晴がどこの新婚だと思うような問いかけをしてきて、新堂はちいさく吹き出した。

「え、な、何ですか？」

晴がおろおろとこちらを見る。いや、と笑ったまま首を振った。確かに今の状態は、ある意味新婚に違いない。

「せっかくだから、『ご飯にする？　それともワタシ？』も言ってほしいな」

軽口をたたくと晴は一瞬ぽかんとして、それからカアッと頬を染め上げた。

「い、言いません」

真っ赤になって抗《あらが》う晴を背中から軽く抱き締め、肩先に頬をつける。

「ウソ。食われるのは俺だもんな」

ニヤッと笑ってささやいた。赤い顔の晴が振り返り、新堂を睨む。もっとも睨んだところでまったく迫力はないのだが。

時間も遅いので先に食事をすることになり、テーブルに着いた。今夜のメニューはコロッケにホウレン草のサラダ、それに晴が作ったという海老ピラフだ。

「ん、美味《うま》い」

ピラフを一口食べて晴を見れば、幸せそうな微笑みが返される。大抵一品を晴が作ってくれるが、料理の腕はなかなかだ。一緒に住み出してから新堂は煙草を吸わなくて、体重が増えないようにと余計な嬉しい心配が増えた。

「だけど無理しなくていいんだぞ。学校だって忙しいだろ」

「大丈夫です。出来る範囲でやってることですから」

にこやかに晴が答えてくる。事実はどうかわからないけれど、新堂としてはそれを信じつつ、気を配ってやるくらいしか出来ない。

もしも家賃を払わずに住んでいることが気になっていろいろしてくれてるのなら、形ばかりの金を受け取ったほうが晴のためにはいいのかもしれないとも思う。受け取った分はそのまま残しておいて、晴が必要とするときに渡せばいい——そんなことをぼんやり考えていたら、嬉しいんです、と晴がこちらをみつめて口にした。

「ちょっとでも先生の生活に関われたり、支えたりできることが。前は……、実家にいたころは、いくら先生のそばにいたくてもいられなかったから」

ゆっくりと、嚙み締めるように晴が声にする。

「上手く言えないけど、先生の生活のほんの少しにでもおれがしたことが組み込まるのって、すごく嬉しくて。おれが先生の一部を作ってるみたいで」

控え目な欲と健気《けなげ》さに、新堂の胸が甘く絞られる。

どうしてこんなに可愛いんだろう——？　このいとおしさを、大事にしたくてたまらない気持ちをどうしたらいい？

「……ホントに食っちまうぞ」

ピラフを咀嚼《そしゃく》しながらちいさく呟《つぶや》く。聞こえなかったのか、微笑みつつ、問うような視線を晴が投げかけてくる。その表情は光り輝いて、直視できないほど眩《まぶし》い。

（まったく——）

これ以上きらきらしてどうするつもりだ？　こちらはどきどきする一方だ。おまけに近頃、新堂を支えたいという気持ちのせいか、どことなくしっかりしてきて、男っぽさまで加わってきた。ある意味最強、心臓が保ちそうにない。

「そうだ、そのうち温泉行ってくるか」

茹《ゆ》で上がった自分の気持ちを落ち着かせようと話題を替えた。

「久しぶりに定山渓行ったけど、湯の町って感じで良かったぞ」

「あ、いいですね。寒くなってきたし」

晴が無邪気に賛成する。

「来月に入ったら忙しくなるだろうから、今月中にでも行けないかな。どこかは宿も空いてるだろ」

調べてみますといそいそと晴は頷《うなず》いて、早速携帯に手を伸ばした。

来月からは土曜も診察をすることにしたし、週に二回の早朝診療も始まることになっている。乾《いぬい》がいなくなってすぐにするのはなんとなく嫌だったけれど、乾が辞める前から決めていたことだし、中断はしたものの、早朝診療を先に始めたのはこちらだしと割り切ることにした。

診療時間が増えた分、新たにパートの衛生士もひとり採用した。始めは金銭的に厳しいかもしれないが、患者が増えれば人件費は出せる。幸いここ最近、新堂が前向きになった成果が出てきていて、新たに作ったホームページを見て来院する患者も目立ってきたし、以前と変わらず紹介で来る患者も多い。しばらく軌道に乗るまでの辛抱だと、通帳の残高はあまり考えないことにした。

（本当は晴くんに来てもらえたらいいんだけどなぁ）

新規募集をすることが決まり、ミーティングでその話をしていたとき、冗談混じりに麻由《まゆ》がもらした言葉は新堂にとっても本心だ。とは言えこれ以上晴に負担をかけるわけにもいかないし、麻由や祥代《さちよ》の前でふたりの関係を隠し通せる自信もない。

それでも晴は、新堂を支えてくれるに違いなかった。

新堂が新堂歯科を大きくしようと思えば、必然的に晴と過ごす時間は少なくなる。構わないかと尋ねたとき、大丈夫です、と力強い表情で答えてくれた。どうして新堂があれほどやる気のない経営をしていたか麻由から聞いていたらしく、妨害されることもなくなったし、思う存分仕事をしてほしいと言ってくれた。もちろん我慢もしているのだろうが、その励ましが新堂の背中を支え、押してくれる。

だから新堂も心に決めていた。どんなに忙しくなっても、晴との時間は絶対に大切にしようと。本当は疲れて休みたい休日でも、晴にならば付き合う——いや、付き合いたい。技工についても自分で出来ることは教えるし、晴の役に立ちたい。多分晴がそう思ってくれているように。

「先生、急だけど今度の週末どうですか？」

晴の声に、ふと顔を上げた。晴が携帯をかざして訊いてくる。

「定山渓、今日のホテルとは別のところですけど、空いてます。勉強会とか、何か予定入ってましたっけ？」

「いや、大丈夫。……いいな、行くか」

同意すると、やったと子供みたいに晴がはしゃぐ。

「勇人くんたちも誘う？　晴と一緒に温泉なんて、喜ぶんじゃないのか」

「え、いいんですか？」

ぱっと喜びを見せた晴が、一瞬の後、いえ、と首を振った。じっと新堂をみつめ、気恥ずかしそうに口にする。

「……やっぱりふたりがいいです。先生と初めて行く温泉だし。……おれとふたりじゃ駄目ですか？」

――ああもう、駄目なわけがあるか。

声で返す代わりに、新堂は晴の肩を引き寄せ、強引なキスをした。晴が不慣れな手つきで、それでもしっかりと抱き締めてくる。

ふたりがいい、晴といたい。

自分の中に眠っていた情熱を、情熱で引っ張り出したひと。ふたりでならどんなことでも出来そうだ。すぐ先の未来も、ずっと先の未来も。
好きです、大好きです。晴がくちづけながらささやいてきた。
同じ気持ちを持ち合えることが幸せだった——誰よりいとしい恋人と。

あとがき

こんにちは、桜木知沙子です。

毎日少しずつ春めいてきていますね。お元気にお過ごしでしょうか？　私が暮らす札幌は、大体三月いっぱいは雪があります。雪まつりが終わって少し経った今も、家から見える景色は雪だらけです。子供のころはともかく大人になると、雪があってしかも寒くて……となれば外に出るのを躊躇してしまいがちですよね（とムリヤリ同意を求めてみる）。

そんなわけで、運動しなくちゃ、動かなくちゃ、と思いつつもなかなか実行できない私は立派なメタボ予備軍です。三年前に出していただいた「70％の幸福」のコメントでビリーに仮入隊したと書きましたが、結局仮の文字を外せないまま除隊となり、いまだ再入隊できる気配はありません。根性のない自分が恨めしい。

そんな私が近頃いいなぁと思っているのが、ＮＨＫの「テレビ体操」と「みんなの体操」です。テレビ体操、すなわちラジオ体操は誰もがおなじみだと思うのですが、みんなの体操のほうは動きも押さえ目。学生時代、体育の評価が万年あひるちゃんだった私にも無理のない、ありがたい体操です。

国民的体操とも言えるラジオ体操は、周囲にしているひとがさすがに多く、いいよー、と以前からたびたび勧められていました。けれど正直、あののんびりした体操にどれほどの効果が？　と疑いもありまして……が、ゴメンナサイ、これがやってみると意外に疲れます、相当に！

子供のころは、体育の評価が（略）な私ですら、チョロイ運動だなぁと思ってタラタラやっていた記憶があるのですが、アラフォーになった私にはなかなかどうしてキツイキツイ。というか、タラタラやっていたから楽だったのかもしれません。ピシッと腕を上げて足を伸ばしてー、と大人ならではの真剣さでやってみると、終わったときには体の節々が痛くなっています。実は子供のときでもキチッとやっていたら、案外大変だったのかもしれないなぁと思ったり。きちんとやらないと準備運動の意味がなかったのでは、と今さらながら反省しています。

そんなお金もかからず手間もいらずの優等生なラジオ体操、しかし難点は朝が早い……！いや、録画しておいてお昼にでも夕方にでもすれば良いのでは、という気もしますが、それだとなんとなく気分が出ないんですよね。やっぱりラジオ体操は朝したい。というわけで、とっても良いものとわかりながらもなかなか出来ない、やはり根性のない私はメタボ入隊間違いなしかと思われます。そんな私に何かおすすめの運動がありましたら、どうぞ教えてやってください。お待ちしております。

さて、今回もこの本を出していただくにあたり、たくさんの方々にお力をいただき、深くお礼申し上げます。

まずは担当の岡本様、年明け早々ご迷惑をおかけして申し訳ありません。いつも今度こそ今度こそと思いながら真人間になれず……。こ、今度こそ！

お忙しい中イラストを描いてくださった高城たくみ様、どうもありがとうございました。ご迷惑をおかけしたにもかかわらず、うっとりする挿絵を描いていただき、心より感謝申し上げます。また嬉しい宝物が増えました。

そしてこの本をお手にとってくださったかた、本当にありがとうございました。いつもながら地味、そしてまた白衣かよ！　で大変恐縮ですが、ケーシーも良し、長白衣も良し、な白衣萌えの私はうきうきわくわくで書かせていただきました。読んでくださったかたにも、少しでもどこか楽しんでいただけるところがあれば嬉しいのですが。よろしければご意見、ご感想などお聞かせいただけますと幸せです。こんな白衣が好き！　というお話もぜひ伺わせてください（笑）。

それではどうぞ、和やかな春をお過ごしくださいね。

また、お会いできますように。

二〇一〇年二月

桜木　知沙子

✦初出　情熱まで遠すぎる……………書き下ろし
　　　　情熱はふたりぶん……………書き下ろし

桜木知沙子先生、高城たくみ先生へのお便り、本作品に関するご意見、ご感想などは
〒151-0051 東京都渋谷区千駄ヶ谷4-9-7
幻冬舎コミックス　ルチル文庫「情熱まで遠すぎる」係まで。

幻冬舎ルチル文庫
情熱まで遠すぎる

2010年3月20日　第1刷発行

✦著者　桜木知沙子　さくらぎ ちさこ

✦発行人　伊藤嘉彦

✦発行元　株式会社 幻冬舎コミックス
〒151-0051 東京都渋谷区千駄ヶ谷4-9-7
電話 03(5411)6432［編集］

✦発売元　株式会社 幻冬舎
〒151-0051 東京都渋谷区千駄ヶ谷4-9-7
電話 03(5411)6222［営業］
振替 00120-8-767643

✦印刷・製本所　中央精版印刷株式会社

✦検印廃止

ISBN978-4-344-81901-6　C0193　Printed in Japan